Bajo los Términos de la Naturaleza

Una novela

John H. Ristine

11 de marzo de 2010
León de montaña en Emma
Un león de montaña fue capturado por una cámara con sensor de movimiento mientras merodeaba por una parte cerrada del Sendero del Río Grande.
La hembra está cerca de Basalt, con su juvenil.

© 2020
ISBN: 9798579684684

AGRADECIMIENTOS O RECONOCIMIENTO

Gracias a Sarah Pletts
escritor, bailarín, artista y amigo,
quien brindó la inspiración
para Maybellene, el principal personaje animal.

Gracias a Mariel R. Crespo
Traductora de esta novela

Si un león pudiera hablar, no lo entenderíamos.

Ludwig Wittgenstein, filósofo

Capítulos

Prólogo—Thistle

Con el silencio de los pájaros, el día avanzó con el giro de la tierra. El suelo de abril era cálido, una condición necesaria para el renacimiento de los organismos y hongos del suelo. Las aves migratorias vendrían a recoger su recompensa. En este día de primavera, la familia Hostetter estaba rejuveneciendo el árido suelo de la montaña.

La familia ya había comprado los derechos de agua de una exigua zanja de riego, trajo vacas al sitio para proporcionar fertilizantes para los campos de heno y estaba usando caballos en lugar de maquinaria. Un patrón climático del Pacífico, no reportado en el almanaque, proporcionó un deshielo más grande de lo normal. Este hecho agravó el efecto de varios inviernos húmedos que siguieron a la erupción del Monte St. Helens.

Los Hostetter habían venido a esta granja en una ladera poco profunda sobre el río Spanish Fork, cerca de Thistle, Utah, para permitir que su único hijo, Steven, siguiera su educación y fuera una familia pionera para una posible comunidad holandesa de Pensilvania. La madre extranjera de Steven había iniciado la mudanza, pero su padre eligió Thistle Junction por la tierra barata disponible. Los valores de las propiedades habían caído en 1972, cuando los cambios en la economía y las tecnologías redujeron la necesidad del servicio ferroviario. Había una vez un gran depósito en el cruce, y las empresas prosperaron durante tres generaciones.

Para cuando llegaron los Hostetter para dedicarse a la agricultura, la población de Thistle había disminuido de seiscientos residentes a solo cincuenta.

El padre también eligió a Thistle por su proximidad al Caza del puma de Utah, un área que se extendió por los condados de Utah, Sanpete y Carbon. Le gustaba cazar animales salvajes, y sería una atracción para los miembros de la comunidad en casa que les gustaba viajar al oeste en tren para sus viajes de caza.

Sin embargo, su hijo quería poner fotos de las criaturas salvajes en la pared de un dormitorio para poder mirarlas todas las noches antes de quedarse dormido.

El objetivo de Steven era graduarse de la Universidad Brigham Young con una maestría en antropología mientras trabajaba en la granja. Con la ayuda de un amigo de la familia que enseñaba en el Colegio Comunitario de Colorado en Glenwood Springs, obtendría experiencia como asistente de maestro. El campus residencial estaba a dos horas en tren de Thistle.

Iría allí cuando comenzaran las clases en el otoño o realizaría una investigación de campo en el área de desierto Flat Top, cerca de Glenwood. Planeaba eventualmente enseñar a nivel universitario mientras trabajaba en un doctorado, y finalmente llegaría a trabajar en el Instituto Max Planck en Leipzig, Alemania, su objetivo final.

Su disertación fue diseñada pensando en el instituto alemán, ya que sus estudios de doctorado se relacionaban con las imágenes de leones de montaña que había estudiado con frecuencia en casa. Para Steven, faltaba algo en la percepción del hombre sobre los animales. A menudo parecía que el hombre pensaba en los animales como seres menores, de valor intrínsecamente menor que los humanos.

Steven había decidido explorar no solo los orígenes del hombre como Homo sapiens, sino también los comienzos de su conciencia animal. Utilizándose a sí mismo como sujeto principal de investigación, Steven esperaba y esperaba que las conclusiones que aprendiera se basaran íntimamente en la comunicación entre especies.

En buena conciencia, Steven no podía tolerar el enfoque de la vida silvestre de su padre, que consistía en cazar animales sin más habilidad de la que el Hombre primitivo había necesitado. Esos cazadores de la Edad de Piedra habían matado por comida y por defensa contra depredadores peligrosos.

Los sueños de Steven ahora se centraron en escapar del mundo humano por un tiempo, para poder estudiar en la naturaleza cruda los orígenes de las relaciones del hombre con los animales y otras personas.

Por ahora, estaba tomando un permiso de ausencia de su tercer año en la universidad. En la mañana del 13 de abril, estaba ayudando con los quehaceres de la granja. El sol lo calentó mientras trotaba por el camino de tierra hacia el gallinero. Abrió la puerta y se agachó para despejar el techo bajo.

Por dentro era incómodamente frío, pero a las criaturas que ponían huevos no parecía importarles.

Conscientes de su presencia antes de tocar la puerta, las gallinas continuaron su cacareo sociable.

Dentro del gallinero, Steven permaneció en la oscuridad por un momento, notando la luz que entraba por los respiraderos a la altura de los ojos de las gallinas. Pensó en hablar con las chicas, luego se dio cuenta de que su comunicación con él estaba en curso. Sabían por qué estaba allí, y él lo sabía. Nada de lo que pudiera hablar cambiaría nada.

Presente en el momento, Steven buscó dentro de la primera jaula los huevos que sabía que estarían allí. En lugar de demorarse en una comunicación no verbal, Steven rechazó la idea de posibles daños a las gallinas y rápidamente llenó la canasta en su mano izquierda con otros seis huevos con manchas marrones.

Su madre haría un buen uso de los ingresos de la cría y venta de pollos y huevos, para complementar la escasa producción de la granja.

Mientras caminaba de regreso a la granja, Steven notó que el desierto normalmente seco era una escena verde y exuberante en esta mañana de primavera. La mayor parte de la ladera oriental de la Cordillera Wasatch del sur solo soportaba matorrales de roble y salvia. Pero esta primavera había llegado después de un invierno húmedo de El Niño, y día tras día de cielos soleados había acelerado el deshielo.

A unos cientos de pies sobre la granja había una depresión en forma de comedero. Steven podía ver la parte superior del comedero desde donde estaba parado cerca de la casa.

Supuso que el agua se había acumulado allí en bolsas subterráneas, como sucedió en todo el valle de Sevier. Tal vez incluso quedaba algo de agua superficial en el comedero, formando un pequeño estanque.

Imaginando el desayuno, vio los huevos más fáciles. Luego tomaría el tren a Glenwood Springs, y luego iría al este a pie a través del cañón donde subiría cerca de la cueva que había descubierto recientemente en el desierto Flat Top. Steven estaba pensando que el área salvaje con sus espectaculares acantilados de roca en capas y pilas de rocas de cientos de pies de altura sería perfecta para el estudio de campo que quería realizar.

Cuando Steven abrió la puerta de la cocina, varios coyotes en una colina cercana estaban ladrando, sus propios ecos en la ladera añadían armonía al coro de coyotes. En la puerta y aun escuchando, Steven se tomó un momento extra para concentrarse en el reloj de la cocina. Su péndulo se había detenido y estaba pegado a un lado, y eso fue hace cinco o diez minutos.

El padre de Steven se giró en su asiento de carreta, mirando al ganado escapar a través de una sección de la cerca derrumbada. Se dirigían hacia un afloramiento de piedra sólida detrás de la granja.

Steven salió a la entrada, arrastrando los pies de lado a lado para ver mejor los árboles del patio este, pero no se sabía la fuente del sonido. Regresó a la puerta de la cocina. Dentro vio la mesa de azulejos blancos. Cuando sacó la silla pintada de blanco, las reverberaciones estrepitosas continuaron. Él inclinó la cabeza preguntándose qué haría que eso sucediera. Los sonidos de volteo se multiplicaron en saltos como un compositor incierto que agrega más y más tambores a una partitura de percusión.

La pila de libros sobre la mesa se cayó del borde y cuando él se movió para recoger uno, su madre entró. Ella gritó y luego se detuvo, mirando hacia el comedor. La casa se estaba moviendo. Salió de la puerta y regresó de la biblioteca con un montón de libros, con los ojos muy abiertos como un corredor de atletismo en el bloque de salida.

Steven corrió de lado hacia la puerta, recogiendo su sombrero de ala plana en el camino. Su madre agarró los libros contra su pecho y aceleró su ritmo.

Afuera, la madre de Steven caminó hacia el terreno más alto. Al sur, los terrenos cuadrados y rectángulos cercados estaban perdiendo su forma. En un estado de trance, Steven observó cómo el deslizamiento de tierra se movía lentamente cuesta abajo hacia el río Spanish Fork. El cepillo de fregar se sacudió en ángulos incómodos, ya que capas enteras de tierra se separaron de sus posiciones normales.

Steven hizo un gesto hacia su madre, imitando el acto de hablar, pero no se escuchó ningún sonido. Sabía, mirando hacia el sur, que en algún lugar más allá de los árboles de la granja, el padre estaba sembrando los pastos en busca de heno y paja.

El padre de Steven estaba en medio de girar su carro, al ver que la tierra se estaba cayendo de él. Cambió de rumbo con los caballos de tiro y siguió al ganado hacia tierras más altas. Sus ojos estaban centrados en el terreno rocoso de aspecto robusto en la parte trasera de la casa de madera.

Incluso cuando su padre se acercó, Steven no pudo detectar ninguna vocalización del hombre. Sintió solo una tranquila determinación en la forma recortada cuando su padre persuadió a los caballos enjaezados a un lugar seguro. Uno de los caballos gritó una queja, pero su padre mantuvo un ritmo constante.

El padre de Steven volvió a aparecer a la vista después de evadir una sección aglomerada del campo, girar cuesta abajo y luego retroceder. La carreta apuntaba hacia un lugar plano con un enebro solitario que crecía en el terreno rocoso.

Mirando hacia la granja, Steven imaginó a las gallinas chillando en el gallinero. Se arrastró por el camino polvoriento, repitiendo el procedimiento que seguiría: abrir la puerta, bloquearla con una piedra, tomar los guantes, agarrar a los individuos, girar hacia la puerta y retroceder.

Cuando llegó al porche, sintió la tentación de mirar debajo de él donde las gallinas pudieran ver, pero eso sería un tiempo precioso perdido. La puerta se abrió. Las gallinas estaban en pánico. Abrió las puertas, pero no salieron de sus corrales. Con los guantes, estiró los brazos y se enfrentó a una de las gallinas.

Entornó los ojos entre el polvo y la paja voladora. El poste que sostenía el marco se movió y el porche se detuvo en la puerta abierta. Steven repitió el proceso hasta que los animales fueron liberados y dejó el camino por donde vino.

Steven se reunió con su madre que estaba observando la devastación desde la seguridad de una repisa de roca. Determinó que el flujo de la tierra viajaba entre tres y cuatro pies por hora. La lentitud de la tragedia le permitió pensar en sus pensamientos. Pero, no había palabras para remediar la situación.

No había historia para hacer referencias. No había vuelta atrás a los patrones familiares. Los hechos estaban en las imágenes que Steven tenía en mente. La tierra se cayó y el campo perdió su forma. Sin la tierra, la granja no tenía nada.

Se aferró a la mano de su madre mientras su padre se acercaba. Estudió a su padre que, por un momento, pasó los dedos sobre su torso, buscando, pero no encontrando el tiempo o el lugar necesario para ordenar sus sentimientos.

Su padre se volvió al sonido de la madera astillada. Frente a ellos, los escombros de tierra que descendían tomaron el granero y la granja, y no mostraron signos de detenerse.

Su madre dijo: "Steven, tienes escuela. Tu título de maestría. Estaremos cerca. Tal vez iremos a Colorado ".

Su padre le preguntó a Steven: "¿Nos vas a abandonar?"

****

Capítulo 1—Demasiado pronto viejo y demasiado tarde inteligente

La criatura principal de la naturaleza lo vio descansar en la base de las escaleras junto al río. Por la forma en que se sentaba en sus largas ancas, podría ser un buen saltador. De los muchos humanos que ella veía caminar por la ciudad, él era el único que llevaba una extraña cabeza cubierta.

Se lamió la pata, preguntándose por el color de sus ojos, medio cubiertos por el largo cabello castaño. Ella estaba demasiado lejos de él para recopilar esa información. Cambiando su mirada hacia el puente negro, se dio cuenta de que estaba un poco más bajo que el ruidoso camino con sus monstruos negros. Se imaginó al otro lado del puente peatonal, descubriendo los lugares escondidos que al humano erguido le gustaba visitar. En la alta conífera, ella ajustó su percha. Mirando hacia arriba, fue cautivada por un cuervo volador. Girando sus ojos y extendiendo sus garras, gritó un largo "¡Eeeee!" ¿Qué vio ahora la hermana pájaro?

El pájaro compartió su vista de la ciudad donde caminaba el hombre, pero pronto ignoró al gran gato en el árbol. Se ladeó de par en par, emplumando sus alas. Graznó una vez al hombre del sombrero de ala plana. El humano de piernas largas levantó la vista en reconocimiento.

Steven escuchó el inminente tren de pasajeros de Unión Pacífica. Un estruendo constante precedió al tren mientras subía 1,200 pies de altura desde Grand Junction a Glenwood Springs. Desde allí, la ruta subiría otros 3,000 pies y más, hasta el Túnel Moffat debajo de Pico de James, antes de cruzar la División Continental y descender cuesta abajo y más al este hasta Denver. Las locomotoras amarillas fueron un retroceso a la década de 1960 cuando la compañía ferroviaria era conocida como Denver & Rio Grande Western.

Cuando el tren dobló una curva en el río, Steven pudo distinguir las rayas rojas, blancas y azules en los vagones de pasajeros plateados. El leve chasquido de rieles de acero atornillados llegó con la brisa. Se preparó para una ruidosa embestida cuando el tren llegó a la estación.

Su aspecto robusto se mezcló con los atletas y cazadores visitantes. Detrás de él en la plataforma, ya había notado a los titulares de boletos deambulando, algunos apuntando a la línea amarilla cerca de las pistas. Algunos pasajeros llevaban sombreros occidentales, mientras que otros llevaban gorras de béisbol o sombreros de punto ajustados.

Steven se mantuvo de espaldas a la plataforma, mirando las torres gemelas del Hotel Colorado al otro lado del río. Estaba fascinado por los arcos de estilo italiano de un hotel construido en 1893 al final del boom de la plata. En su extravagancia, el presidente Theodore Roosevelt había encontrado inspiración para extender el sistema de parques nacionales a los estados del oeste. En años posteriores, una visita de Abdu'l-Bahá, "embajador de la paz", fue conmemorada por una placa en el jardín sur del hotel. "En el jardín de tu corazón, planta nada más que la rosa del amor".

Para Steven, el mundo desconocido de Flat Top fue una oportunidad para el estudio de campo. Según las personas sin hogar con las que había hablado, los que deambulaban por las calles de Glenwood Springs, el estrato de roca caliza y arenisca proporcionaba muchas cuevas habitables.

Steven tenía la intención de separarse de la sociedad para estudiar la cultura humana desde un punto de vista tan cercano a la conciencia animal como pudiera. Estaría en un entorno que probablemente era similar al del Hombre Pensador. Mientras vivía en una cueva en Cañón Glenwood, a poca distancia de la ciudad, estudiaba cómo el lenguaje había alejado al hombre pensante de la conciencia animal pura.

Steven levantó las rodillas y se mantuvo a la sombra del robusto muro de piedra. Recordó cómo su madre influyó en la decisión de su padre de mudarse al oeste. Había extendido un mapa de los Estados Unidos en el suelo y había convencido a su esposo para que se uniera a ella arrodillándose junto a él. El joven Steven estaba cerca, apoyado en la silla favorita de su padre. Ella habló en tonos suaves haciendo que su padre se diera cuenta de lo importante que era el movimiento para el estudio de Steven sobre el hombre y el medio ambiente.

Al acariciar su brazo, ella le pedía una y otra vez que dijera que sí a la educación superior de su hijo. El hombre frunció el ceño. Dijo que lo haría si su hijo asistiera a Kutztown Senior High. Agregó que una graduación de la escuela secundaria en Pennsylvania le daría al joven la oportunidad de ser bautizado en su comunidad, y podría llevar al matrimonio, lo que podría hacer que todo el viaje sea innecesario. En ese momento, ella agarró el brazo de su padre, haciéndolo estremecerse, diciendo que algunos miembros de la comunidad podrían unirse a ellos si los ministros de Gemeinde y el obispo de la comunidad veían que la tierra se podía comprar a bajo precio en el oeste.

No sería la primera vez que su orden evolucionara de acuerdo con las circunstancias cambiantes. Su padre se quejó de ser tan intelectual sobre el movimiento, ya que una razón debería ser suficiente. Dijo que solo podemos esperar. Ella selló el acuerdo recitando un proverbio amish: *Nos hacemos viejos demasiado pronto y demasiado tarde.*

En la brisa occidental, Steven percibió un fuerte olor a azufre en las aguas termales naturales, un olor que le recordó a los fertilizantes agrícolas. Las corrientes de aire agitaron aún más el olor a gas y lo mezclaron con vapores de aceite residual que se elevaban desde el lecho del riel.

Mientras estaba sentado mirando hacia el este y a favor del viento, Steven imaginó cómo el hombre primitivo habría encontrado refugio en invierno, en los refugios con calefacción natural a lo largo de la orilla del río. El Hombre Uncompahgre de hace 10,500 años podría haber experimentado olores similares. Steven sabía que ese lenguaje no escrito estaba conectado con los comanches, los shoshone y los aztecas de México, quienes se comunicaban por repetición verbal. Steven también recordó que los actuales Utes pronunciaban el nombre de sus antepasados como Nuche. Significaba "la gente".

Sus observaciones del hotel y los turistas curiosos le recordaron a Steven a su amiga de la universidad, Amory. Steven tomó el diario de su mochila verde y escribió.

Recuerdo a Amory, el estudiante de lingüística en la escuela que se burlaría de las personas durante una conversación como uno de sus bonobos o sus orangutanes. Para él, estaba firmando aceptación, pero para la otra persona en la conversación fue una fuente de desconcierto. Fue Amory quien dijo: Para ser un estudiante serio de antropología, uno debe distanciarse de la sociedad. Pero creo que se sorprendería al saber que en realidad estoy viviendo en una cueva al borde del acantilado.

Duermo en roca en un acantilado. Me gustaría decirles a los asociados de la universidad que no se preocupen por mi nuevo esfuerzo. De hecho, tengo un saco de dormir y una almohadilla. Encontré un lugar sólido donde se basan los pensamientos libres y erráticos. He venido aquí para experimentar una profunda relajación. Si un desprendimiento de rocas arrojara rocas hacia mí, no sería sacudido. Después de todo, ¡sobreviví a Thistle!

Estoy completamente acostumbrado a este nuevo entorno y mis nervios están tan tranquilos como la piedra caliza sólida. Para finalizar mi estudio de campo y la experiencia especial aquí requeriría que la tierra dejara de girar, dejándome quemarme a la luz del sol o congelarme en la oscuridad.

La biblioteca de Glenwood ofrece muchas herramientas de investigación. La bibliotecaria Helen Hepplewhite se ha interesado en mí, posiblemente debido a mi formación académica y mi tesis (sobre una interpretación de la realidad peculiar del hombre). Le impresiona que yo haya comenzado educación general y religiosa con un promedio de 4.0. Ella organizó una membresía gratuita para mí en la piscina de aguas termales, a cambio de una cotización. Le di esto: "En cuanto a la atracción de las aguas termales, hay comparaciones entre el hombre primitivo y los turistas modernos que no se pueden desarrollar debido a nuestra visión fría del mundo".

La gerencia estuvo totalmente de acuerdo con la idea.

En el árbol, la leona movió instintivamente sus bigotes y levantó la nariz. Era difícil discernir a la gente a distancia, excepto por el hombre del sombrero negro. Ella observó cómo él cambiaba su posición en la base de la pared. Estaba mirando hacia el puente de hierro negro.

Steven sintió que entraba en trance, un tranquilo momento de preparación para lo que iba a suceder durante su paseo por el puente. Era una forma de saber que él practicaba en Pennsylvania. El individuo inglés suprimiría tal esfuerzo o lo descartaría como soñar despierto, pero lo entendió como una comunión con Dios.

En el estado mental especial, se presentó un escenario para su consideración. Las imágenes y los pensamientos redactados eran una forma de ver que podía detenerlo en cualquier momento, pero que perdería el hechizo si se detenía en los detalles. Avanzó y retrocedió en el tiempo a riesgo de perder su lugar en la visión. Sabía que el estado alterado era una oportunidad. Se estaba considerando un curso de acción donde tomaría una decisión. Su parte en cómo se desarrollaron las acciones de los demás estaría determinada por el camino que eligió tomar. Siendo practicado en este profundo estado de sueño, él tenía la ventaja; su parte en el resultado de un evento futuro estaba mejor definida que sus contrapartes. Sabía que los resultados podrían ser indeseables. Pero tenía el lujo del tiempo, así que dejó que el escenario se desarrollara solo.

**

Steven descansa sus ojos en la pasarela que cruza el río hacia el hotel. Ve los herrajes negros, los soportes superiores y el suave arco del largo puente peatonal. Los jóvenes se están congregando a mitad de camino. Se ve cruzando el puente y se encuentra con las miradas de cuatro hombres y dos mujeres. No van a la ciudad ni caminan hacia el hotel. Debajo de ellos, el río Colorado ruge, declarando su edad a cualquier oyente.

El enfoque de Steven está en un niño con cabello castaño corto y parca sin cremallera. Da un paso hacia Steven. "¿A qué se dedica?"

Steven estira el cuello hacia adelante, sin reconocer su propia voz sonora mientras responde. "¿No es más importante quién soy?"

El niño mira burlonamente el sombrero de Steven y se burla de él. "¡Te vamos a tirar por la barandilla!" Los demás hacen eco de la burla. Steven mira hacia el agua helada oscura. Una chica con mucha suciedad debajo de las uñas señala con el dedo a Steven. "¡Sí, tíralo!" Sus palabras apenas se escuchan en la fuerte brisa, cuando un chico rubio empuja al retador hacia Steven. El primer niño ahora está nervioso. "Hace mucho frío allá abajo", dice, esperando el apoyo de los demás. Sin contacto visual con ellos, busca furtivamente combustible para la crueldad deseada.

El cuerpo de Steven se estremece, sus movimientos son tan lentos como la aguanieve en un manantial de alta montaña. Sus músculos están paralizados, su pensamiento congelado. Si no puede salir, necesita actuar ahora. Usar la fuerza podría resultar en una pérdida. Él tiene milisegundos para decidir.

El chico principal empuja un dedo hacia Steven. "¡Qué chistoso te ves!" Steven se mueve, con los ojos saltones bajo el sombrero de ala plana. El joven retrocede, casi tropezando.

Steven dice en referencia a su estudio: "Percibes lo que tu cerebro interpreta para ti". Se inclina, agarra el cinturón del niño con la mano izquierda y su ángulo con la otra. "¡*Huuhoh*!" Con un gruñido, Steven levanta al niño y lo pone en contra de los otros que levantan los brazos para protegerse. Los cinco jóvenes son una cinta transportadora humana para que el niño despeje la barandilla. Steven se escucha a sí mismo gritar: "¡El acto valiente sin tener en cuenta la vida o las extremidades!"

Niños y niñas toman el aire mientras su amigo cae sobre la barandilla del puente y se sumerge en el río oscuro. Uno por uno pasa corriendo al antropólogo para salvar a su compañero.

**

Steven miró el puente negro, repasando las imágenes violentas. *Estoy evaluando el riesgo de cruzar el puente, pero mis percepciones pueden ser falibles. ¿Qué pasa si el niño se ahoga? ¿Terminaré inventando hechos para apoyar tal atrocidad?*

En el dilema, reconoció su identidad animal. Las imágenes aparecieron sin explicación. Se le había pedido que tomara una decisión, y sabía que era capaz de hacer un mal juicio. Su confianza descansaba en el pensamiento de que estar en un error no podía separarlo de sentir curiosidad por el mundo.

Respiró hondo, se puso de pie y puso la mochila de nylon roja en su lugar. Se escuchó reír y conoció la risa como la firma de Dios. Llevaba su propia vida en lugar de dejar que otros la formaran.

En la entrada del puente, Steven se unió a varios turistas con cámaras que se dirigían al hotel. Para llegar a su cueva de forma segura, había elegido este mejor curso de acción posible.

Steven estaba a medio camino del puente cuando vio a los chicos empujándose y empujándose unos a otros.

Sus travesuras se detuvieron cuando se giraron al unísono para ver pasar a un hombre alto con un sombrero de ala plana. No vieron la armadura que llevaba, la de satisfacción sin adornos.

****

Capítulo 2 - Ojos de un depredador

Observó a su hombre colocar su silla junto al río. Cuando él se sentó, ella vio otras dos piernas. Llegó en una caja rodante desde el camino pavimentado. Cerró la boca y extendió el cuello, levantando la cabeza al límite. Al no ver indicios de peligro, colocó la barbilla sobre una pata y reanudó su observación.

El recién llegado no era tan alto como el habitante de la cueva. Miró a través de un dispositivo hecho por el hombre a nivel del ojo. Frente a él estaban las vistas del cañón: los altos acantilados, el río ondulante, el ajetreado ferrocarril y la gran carretera que despegaba del suelo. Ella sabía que su visión era deliberadamente estrecha. Echaba de menos las cabras montesas, el águila real encaramada en un álamo, el halcón de cola roja que volaba más alto con un grupo de hierba seca, el alce toro bebiendo agua al final del estacionamiento, la lluvia disparada se evaporaba a mitad de camino. aire, y el hombre con el sombrero de ala ancha sentado en una silla de playa a la orilla del río.

Ella miró al hombre de pie. La luz de la mañana, canalizada a través de las paredes del cañón, iluminaba su espalda. Frente al hombre, la roca roja se iluminó brillantemente. El hombre dejó caer la caja de sus ojos cuando las sombras del cañón cambiaron de forma.

Steven apartó la vista del río para observar al fotógrafo. La silueta del extraño estaba enmarcada por imponentes acantilados, las capas apiladas de roca unidas por la prominente carretera interestatal. El fotógrafo no se movió de su posición. Steven notó cómo permanecía cerca de un vehículo deportivo utilitario, y supuso que por alguna razón el fotógrafo necesitaba la seguridad de una salida rápida.

Una ardilla de Colorado emergió de la maleza en el borde del estacionamiento y corrió en dirección al hombre. El diminuto mamífero levantó la vista por un momento, antes de completar su carrera a través del pavimento, con la cola alta.

Steven se estremeció cuando cambió el aire, lo que le pareció extraño porque la temperatura estaba subiendo. El aire comenzaba a agitarse de la roca circundante calentada por el sol de la mañana. Supuso que esta pacífica mañana de primavera probablemente no había cambiado mucho desde el último retiro glacial, hace 10.500 años. Sin embargo, el área era propensa a las avalanchas. Después de que el fotógrafo se fue, Steven volvió a mirar el turbio río verde marrón.

Se encontró recordando su infancia y la decisión de convertirse en antropólogo. Eran principalmente esas fotos de animales salvajes que había clavado en la pared al lado de su cama. Había tenido primeros planos, fotos de animales disecados después de horribles ataques contra hombres. En las fotos, los animales se posaban en muecas con dientes. Steven sabía que algunas personas estaban dispuestas a usar una habilidad de caza que proporcionaba comida para matar también por deporte. Pero todavía se preguntaba por qué el tiro al blanco no era lo suficientemente deportivo.

Los humanos dijeron que valoraban al león de montaña, el oso y otras criaturas salvajes. Sin embargo, algunos estaban dispuestos a poner fin deliberadamente a la vida de criaturas tan hermosas. Para Steven no tenía sentido, que algunos admiraran a un ser vivo, luego terminaron su vida sin tener en cuenta las consecuencias que no sean el placer de un ser humano. Steven parpadeó con los ojos secos, en conflicto con su conocimiento. Algunos en el reino animal compartieron su conocimiento, y algunos en el mundo humano, también, pero quizás no sintieron ninguna culpa por hacer tales cosas de todos modos.

La leona movió su cola. El día se estaba calentando. Ella aplicó la paciencia de sus antepasados y esperó. La nueva llegada fue abierta y atenta por un momento. Parecía querer volver a su caja rodante.

Su hombre de las cavernas era diferente del recién llegado. Era evidente que su hombre era el mejor observador. Cualquier animal que reduzca su enfoque estaría sujeto a ataques, pérdida de alimentos o un accidente. Era cuestionable si el hombre primitivo podría sobrevivir a su territorio. Estaba segura de que él no pertenecía allí. Pertenecía a humanos que tenían cajas y caminos rodantes. Sin embargo, el hombre primitivo se contentó con ser el observador tranquilo, como un león de montaña.

Ella seguía mirando al hombre de las cavernas que se tomó el tiempo para comprender su entorno. Vivió de forma solitaria. Tenía un objeto plegable. Marcó sus pensamientos. Ella curvó los labios con los ojos mirando hacia arriba, sin saber qué hacer.

El hombre de las cavernas creó una situación inusual para ella. Podría ser como su madre y quedarse sola, o podría ir al refugio del humano y determinar por sí misma lo que sabía de él. Sin embargo, caminar al aire libre la irritaría hasta la médula.

Ella observó cómo su hombre de las cavernas dormía con el sombrero sobre los ojos. Se vio a sí misma haciendo contacto con él y sacudió la cabeza ante la foto. Ella lo vio comunicarse con otras dos piernas, usando sonidos de su boca. Necesitaba cerrar esa brecha, imaginarlo saliendo del bosque en una caja rodante. Este lugar salvaje no era para él. Él tuvo que ir.

Pero la imagen correcta no vendría a ella. Ella necesitaba que él sintiera su preocupación de manera directa. Fue una cuestión de amor.

****

Capítulo 3—Desnudo en la Asamblea

Vivir en la cueva fue una emoción para el antropólogo. Tuvo la suerte de encontrar un lugar protegido que parecía una tienda de campaña para dos personas. El interior proporcionó estimulación visual en paredes multifacéticas coloreadas en azules y grises sin manchas. Se regocijó de que estaba viviendo en un refugio junto a un acantilado muy por encima de la ciudad. Era realmente un Hosttetter, una persona de las alturas.

A mediados de febrero había más luz solar para Steven, haciendo brillar su espíritu. Siguiendo una rutina diaria, Steven enrolló el saco de dormir, guardó la almohada y desplegó la silla de playa en la repisa. Volviendo a la mente, se dirigió al lugar de la imagen donde revisó las posibilidades del día. Primero los resolvería, luego generalmente elegiría lo que se le ocurriera primero.

Varias millas al este había tres piscinas circulares a orillas del río. Las piscinas habían sido creadas hace mucho tiempo por trabajadores ferroviarios chinos. Él podría visitar esos jacuzzis naturales donde las nubes de vapor de agua se cernían, pero requirió un gran esfuerzo caminar tres millas a través de dos pies de nieve.

Steven frunció los labios y desvió su atención hacia el acantilado con roca sulfurosa. En los días de construcción del ferrocarril, los trabajadores chinos fueron llamados "celestiales", debido a su trabajo con dinamita en las paredes de los acantilados. Se preguntó si algún trabajador había perdido la vida en la construcción. Podía adivinar cómo era ser un trabajador de fin de siglo. Una caminata de tres millas podría no haber sido nada para ellos.

Otra posibilidad era un paseo por la ciudad. Una milla a la piscina de aguas termales, otra milla a la biblioteca. Steven se sintió alegrarse ante la idea de hacer rondas en la ciudad. Mentalmente estaba a mitad de camino colina abajo cuando el hambre lo golpeó. Realmente debería hacer del desayuno una prioridad antes de emprender cualquier excursión. En la despensa tenía una lata de rodajas de mandarina. Cogió el abrelatas y el tenedor, cuidadosamente abrió la tapa de la caja de comida, abrió la lata de rodajas de naranja y se comió el contenido, almacenando el almíbar ligero en un área fresca de la cueva.

De vuelta en la silla, Steven sacó un diario. Sobre él, dos pájaros negros que podía identificar como cuervos estadounidenses no migratorios estaban dando vueltas. Garabateó notas.

Mi estudio va bien, pero echo de menos las tareas que tenía en la universidad. No más visitas a los padres en la granja. Sin amigos. No hay comunidad.

Inclinándose sobre la repisa, vio entre los pastos podridos el reluciente montículo de ciervo mula de color regaliz. Como había dos pilas de gránulos alargados, determinó que dos venados frecuentaban el área. También pudo ver dos conjuntos de pistas de casco de doble lado. Los animales deben pastar en otra parte, supuso, y podrían regresar en otro momento. O tal vez su aroma humano los había asustado y los alejaría.

Vigorizado después del desayuno, Steven decidió visitar los jacuzzis naturales ubicados aguas arriba. Con una pequeña mochila que contenía jabón y toalla, bajó la escalera improvisada y comenzó la caminata de tres millas. Más animado por el sentido de la aventura, caminó cuidadosamente por la cima del acueducto. Una imagen involuntaria de caerse del tubo de metal rejuveneció su sentido del equilibrio. No podía darse el lujo de ponerse nieve en las botas, o peor aún, romperse un hueso.

Haciendo una pausa, Steven olfateó el aire, pero percibió sólo su propio miedo.

**

Haciendo una pausa, Steven olfateó el aire, pero percibió sólo su propio miedo.

En el lado oeste de Rastro de herradura, se quitó los zapatos y cruzó aguas poco profundas, donde caminaría a lo largo de la inundación pide. Vadeó por el agua helada sin pensar en nada más que en la playa sin nieve donde los gansos canadienses estaban tomando el sol.

Durante su caminata, Steven se detuvo dos veces para ver pasar los trenes en dirección este a intervalos de media hora. El primero fue un tren de carbón que chirriaba metódicamente alrededor de la curva mientras los autos eran arrastrados cuesta arriba por cuatro motores. Luego, el cañón se llenó con chirridos de metal sobre metal como un tren de pasajeros con vagón de equipajes, seis autocares y un Superliner fue arrastrado por tres motores con un rugido vibrante. Cuando pasaron las ruidosas distracciones, un viento constante en el embudo del cañón mantuvo la atención de Steven. El viento frío le recordó que acelerara el paso. Durante el momento equivocado del día, este lugar podría ser muy inhóspito.

Al doblar una esquina, vio primero las ondulantes nubes de vapor, luego los jacuzzis naturales. Tuvo cuidado de caminar alrededor de una mezcla de piedras redondeadas y rocas irregulares. Manteniendo una postura hacia adelante con los brazos extendidos, cubrió treinta yardas en poco tiempo. El ritual estaba a punto de comenzar.

Una cortina de vapor lo separó de las piscinas. Antes de entrar en la habitación interior, hizo una pausa para ofrecer reverencia a la roca dentada, comenzando así el proceso de baño como un ritual sagrado. Steven se movió a través del vapor, hizo una pila ordenada de ropa con sombrero en la parte superior y se metió al agua. Encontró un lugar preferido en el lado donde el aire frío templaba el agua casi hirviendo. Este microclima estaba libre de brisas.

Se frotó con jabón y un paño, y luego se cocinó a fuego lento en la olla caliente, emitiendo sonidos en un idioma extraño. "Heh-ah. Ni hou ma ". Se rió alegremente mientras las vocalizaciones se mezclaban con el agua que se estrellaba en la orilla del río.

Fuera de la cortina de vapor, su sombrero estaba a punto de soplar río abajo. Saltando de la olla caliente,

Steven agarró el sombrero mientras flotaba en el borde. Se preguntó si alguien más lo había visto casi volado. No podía decir si era el objeto de protagonizar a los trabajadores ferroviarios chinos o algún depredador como un león de montaña.

Si esos trabajadores ferroviarios chinos hubieran descansado en las rocas más allá de la malla, se habrían reído de la situación. Un sombrero que se sopla sobre las rocas, rodando de extremo a extremo, habría sido un simple placer para los trabajadores desesperados por cualquier distracción en una existencia similar a una prisión. Había suficientes áreas planas donde los hombres cansados podrían haber compartido una frágil pipa de arcilla de fumar opio. Cualquiera de ellos tan afortunado como para encontrar un lugar tan tranquilo seguramente debe haber sonreído.

Mirando fuera de la cortina de vapor, Steven calculó el tiempo apropiado para salir y recuperar su ropa. Los fantasmas ventosos oscilaban frente al hombre alto con el sombrero de ala plana.

****

Capítulo 4—Una invitación a Helen

Sus bigotes se crisparon mientras miraba. El objeto de su interés subió hacia la cueva. Con una mano en una rodilla y la otra en la pared de roca, se detuvo. La luz del sol caía sobre su espalda. Ella pensó que se sentía bien…

Steven hizo una pausa mientras subía al anfiteatro. Miró a su alrededor, sintiéndose inquieto. Sintió que alguien lo miraba. El cielo del sur brillaba con el sol. Clima caluroso en medio de un día de primavera.

Mirando hacia abajo desde el borde del acantilado, sacudió la cabeza con movimientos circulares. Su hombre de las cavernas estaba en una zona precaria y de pie en terreno suelto. Tenía mucha más roca que escalar antes de llegar a la zona plana. La pendiente del camino hizo que sus rodillas tocaran la roca dentada. Ella observó cómo su sujeto se detenía para respirar cerca de un nicho en la pared de roca.

Steven trepó a la abertura en la pared de roca y se sentó por unos minutos pensando en los animales que podrían encontrar refugio allí. No había huellas. Sabía que la Interestatal era un límite para la mayoría de las especies. Era la frontera sur del lobo gris.

Enumeró mentalmente las posibilidades. *¿Canis latrans?* Pero los coyotes cazaban en manadas. *¿Canis lupus?* No, el área no era lo suficientemente grande para un lobo gris. *¿Canis lupus familiaris?* No, un animal domesticado no viviría aquí. *¿Vulpus fulva?* El zorro rojo era un depredador solitario. Tal vez.

Steven bordeó la pared de color claro de piedra caliza geológicamente nueva donde franjas verticales de azul, blanco y negro surcaron desde un punto a mitad del muro, como pintura derramada de cubos en andamios que se estrellaron contra el suelo. Delante de él estaba el camino estrecho donde se deslizaría entre una pared de roca y un grupo de enebros. Era la forma segura de llegar a los pisos de hierba cerca de su cueva.

La hierba corta a sus pies tenía la vitalidad de un nuevo crecimiento. El color verde claro contrastaba con los restos de verano sin hojas de caoba de montaña y rosa silvestre. *¿Cómo llegaron los pastos aquí?* Tal vez la semilla era de un césped cerca del río, llevado por un Jay de Steller o una urraca. Pero la alcoba no hablaba de las ruidosas y chirriantes vocalizaciones de estos locales a tiempo completo.

Steven deambuló hacia su refugio, evitando las dos pilas de excremento de ciervo mulo, y pisó las rocas de dos pies de altura. Se tambaleó por un momento, analizando los alrededores en busca de arbustos que pudieran atraer ciervos. Mirando a su alrededor, no pudo ver ninguna fresa de servicio ni cereza asfixiada.

Pasó las manos sobre la repisa para orientarse cuando arrojó su cuerpo sobre ella. No se atrevió a fallar. Si tuviera un accidente en esta zona fronteriza, nadie estaría alrededor por días. Pero había elegido el sitio porque era un refugio en medio de rocas escarpadas y precarias. Steven se tambaleó sobre la pila de rocas; su peso se había desplazado hacia el prado cubierto de hierba. Sin pensarlo, extendió los brazos para recuperar el equilibrio. Luego, reposicionándose, saltó a la cueva.

Mientras se hundía en la silla de playa, Steven sintió la necesidad de escribirle una carta a Helen. Alcanzando su diario, decidió expresar sus sentimientos por ella.

Comenzó a describir la pared norte del anfiteatro, luego se detuvo. Quería decirle cuán profundamente apreciaba su atención, pero tanta emoción era incómoda para él. Las risas agradables y los fugaces contactos oculares habían afirmado su humanidad común, pero era mejor dejar otros coqueteos en espacios debajo de sus respiraciones conversacionales.

Reanudó el pensamiento anterior sobre la cueva como una forma de conectarse con Helen. Le intrigaba que el techo y las paredes fueran del color azul de la piedra caliza envejecida, pero las astillas del suelo revelaron que la piedra arenisca había sido inyectada bajo presión en la piedra caliza más dura. Mientras adivinaba el proceso que había resultado en la eliminación cuidadosa de rocas más blandas del techo y las paredes, quería que Helen lo viera por sí misma.

**

Querida Helen,

Si quieres visitarme, sigue estas instrucciones; Será difícil sin ellos.

La cueva se encuentra a una milla de la ciudad, pero el tiempo de viaje a pie es de dos horas en cada dirección sobre terreno irregular, a unos 1.300 pies sobre el suelo del valle. Use botas de montaña, guantes y una cazadora. Póngase un sombrero para evitar las garrapatas de los ciervos. (¿Hay garrapatas de venado en invierno?) Aplique protector solar.

Hace mucho sol en mi Club Cliffside. El área rocosa mira hacia el sur y es como un espejo parabólico. Aquí la nieve se derrite más rápido que en las áreas circundantes. También es ruidoso, y esa podría ser la razón por la cual no hay muchos animales aquí.

El acantilado redondeado hace que la carretera interestatal y los trenes suenen como si estuvieran justo en mi puerta, incluso a esta altura. Hay dos torres de telefonía celular al otro lado del cañón. Puedes caminar aquí desde la ciudad. Dirígete por el sendero peatonal desde el spa Yampa Hot Springs. Sube por la pendiente hasta el puente peatonal y continúa cuesta arriba hasta los tanques de agua verde. Siga las curvas a través del denso crecimiento pasando la estación de bombeo hasta la cresta que domina el lado este de los túneles. Verás álamos de hoja estrecha y cornejos rojos con ramas.

En la parte superior, verá los troncos retorcidos de los enebros de las Montañas Rocosas y el acebo de uva de Oregón. Debajo de la cresta, hay un acueducto y una pasarela de metal sobre un abismo rocoso. Vas a cruzar ese puente. Camine sobre el tubo de metal de dieciocho pulgadas de ancho, o camine paralelo a él a través de piñones y la caída. Donde la tubería entra en una ladera, suba a la izquierda, pero manténgase a la derecha de los campos de pedregal.

Sin duda, la piedra rojiza impide que los escaladores entren en mi patio. La piedra caliza sólida está a la derecha.

Se pone más empinado allí. El barranco termina en un anfiteatro con una elevación de 6,600 pies, es decir, a unos 1,000 pies de la carretera. Sigue la pared circular del acantilado hasta el lugar cubierto de hierba y verás mi cueva. Es del tamaño de una carpa domo para dos personas completa con un vestíbulo protegido. Parte de la repisa está cubierta con una alfombra de heno que se riega a través de un pequeño barranco que comienza a 3900 pies más alto.

(La pendiente es muy poco profunda para el peligro de deslizamientos de tierra). Para cuando lea esto, podría tener una escalera oculta en los arbustos para que pueda llegar a la cornisa sin demasiados problemas. La puerta se desliza hacia la derecha. Las sillas plegables están en la cubierta. El anfiteatro es un afloramiento de piedra caliza de Leadville. El trauma de un deslizamiento de rocas en el tiempo geológico reciente ha expuesto la entrada de la cueva.

En mi cueva, un bolsillo de arenisca sulfurosa se ha desgastado por el clima o ha sido raspado por la mano de un habitante de la cueva. El techo y las paredes de mi cueva están perfectamente limpios de la piedra arenisca más suave, lo que me hace creer que fue extraída por el Hombre Uncompahgre y posiblemente más tarde por los Utes.

¡Puedes pararte adentro! El techo en su punto más alto mide aproximadamente siete pies y medio. Mirando

hacia afuera, verá el rincón de la cocina a la izquierda donde encontrará queso y galletas en una caja de plástico. En el área de almacenamiento a la derecha, hay almohadas y mantas en una bolsa Zip-loc.

(La temperatura de la roca es de 38 ° F. Si no estás protegido, podrías sufrir hipotermia). Diviértete mirando al venado. Sus depredadores son Canis lupus, el lobo, y Puma con color, el león de montaña, así que ten cuidado con el peligro. Haga ruido para alertar a tales animales de su presencia. Si un león te está siguiendo, hazte ver grande.

Un león busca presas fáciles. O simplemente evite el peligro retrocediendo si ve huellas anchas en el barro. Sin duda, los leones han estado rondando el área desde el último retiro glacial. Mientras subo a mi pequeño anfiteatro, siento que este no es mi lugar. Muy por encima de las rocas, podría haber un depredador hambriento esperándome. Lo entenderé si no me visitas y me siento mejor si sabes dónde encontrarme.

Respetuosamente tuyo,

Steven

PD Mantenga la ubicación en secreto para mantener alejados a los curiosos.

**

Llegar a su hábitat requería motivación, Steven lo sabía. La invitación era un mapa de su corazón, y más. Le estaba pidiendo al bibliotecario que fuera más allá del mapa, para experimentar el trabajo de acceso a él como una expresión de una relación única. Cualquier vínculo más profundo dependía de este requisito previo.

Steven sintió que Helen estaba en conflicto con la cueva, pero estaba emocionado ante la perspectiva de su visita. Puede que le guste el lugar. La entrada estaba seca. Sin excrementos de ratón, sin moho. La puerta corredera que había hecho con el plexiglás se podía ajustar, proporcionando ventilación controlada.

Poner una puerta en una cueva no cambió el hecho de que estaba viviendo en un agujero pedregoso en un acantilado. Sus sentimientos también estaban en conflicto. A veces Helen tenía palabras amables para él, y otras esperaba que pudiera amarla. La cueva era parte de su estudio, por lo tanto, era parte de él. Si ella lo ayudaba a salir de la cueva, podría ayudarlo por amor.

Después de terminar la carta, se le ocurrió que podría ser un desafío demasiado grande para que Helen llegara a la cueva. Dobló la carta y la guardó en el bolsillo de su chaqueta. Lo entregaría más tarde, en algún momento apropiado.

Ahora quería comprobar la vista del cielo del sur. Se levantó y, agarrándose a la roca de la entrada, se inclinó hacia afuera. En unas pocas horas vería al brillante Sirio de Canis Major y las tres estrellas del cinturón de Orión, Alnitak, Alnilam y Mintaka.

Steven estaba ansioso por encontrar ejemplos de arte rupestre del Hombre prehistórico, pero hasta ahora no había visto ninguna evidencia de marcas que indicaran la comunicación previa al lenguaje. Una manifestación física de que las personas transmitían ideas con pensamientos ilustrados impulsaría su trabajo de campo. Tallar pictogramas en roca fue la forma en que las leyendas se transmitieron a las generaciones futuras. La evidencia física ayudaría a establecer las Montañas Rocosas como una extensión del centro cultural Four Corners. Pero tal descubrimiento era poco probable, Steven lo sabía. Flat Top estaba muy lejos de Four Corners.

Si Steven pudiera terminar una disertación sobre humanos pre-lenguaje, podría recibir un lugar en el programa de cinco años en el Instituto Max Planck de Antropología Evolutiva. Helen parecía pensar que era dudoso que pudiera calificar, después de todo, todavía no tenía un doctorado. Pero Steven había establecido su objetivo. Quería un puesto a tiempo completo. Tenía algo que decir sobre el análisis comparativo de las culturas y las habilidades cognitivas del hombre primitivo en el oeste de Colorado.

De un maletín sacó el formulario de solicitud y lo revisó. "Si puedes limpiar la conexión con la fuerza descrita por Max Planck y soltar la voz del ego que [dice] que estás separado, entonces serás como los animales en un perfecto estado de intención".

Steven agregó a su diario:

Buscando a Sirius en el cielo cobalto, vi el reflejo de las nubes en lo alto de la atmósfera. Fueron los últimos en reflejar los colores de onda larga, enviando al suelo tintes de rojo, púrpura y naranja. Es hora de que termine el mapa de estrellas en la pared de la cueva.

****

Capítulo 5—Demasiado ruidoso para la naturaleza

Desde un lugar alto frente a la cueva, apoyó la cabeza sobre una pata y observó al humano, que maniobraba dentro o fuera del refugio. Estiró el cuello y dirigió las orejas hacia adelante.

Steven mantuvo su mano izquierda sobre una perilla de roca que se ajustaba a su palma. Fácilmente podría ser una ayuda para subir a la cueva. Todavía sosteniendo la roca, giró alrededor del asidero y echó un vistazo rápido a la escalera detrás de la silla de playa. Estaba saliendo de la cueva camuflado.

Deslizándose sobre la repisa sobre su estómago, colgó una pierna que buscaba el punto de apoyo que le permitiría apoyarse en el pedestal de roca de dos pies de altura.

No podía ver la roca sobresaliente que soportaría la pierna. Estaba perdiendo el control, pero conservar su fuerza era importante. Hizo una mueca ante la idea de perder el punto de apoyo y caer diez pies. Volviendo a su estómago, se preguntó si valía la pena esconder la escalera de posibles invitados no deseados.

En el segundo intento, los dedos de los pies encontraron el pedestal donde podía girar suavemente hacia un lugar en el suelo libre de las bolitas de ciervo. Aterrizó, regocijándose con un suspiro. Girando hacia el sol, notó su posición y calculó que era a las nueve en punto. Escuchó el tren de la mañana para estar seguro.

Mirando hacia atrás desde el lado este del barranco, Steven revisó el camuflaje. Uvas y hierbas muertas cubrían el acantilado y ocultaban la entrada de la cueva y la puerta corredera. Aliviado, Steven cruzó el piso del anfiteatro hacia el fácil descenso desde la pared opuesta del acantilado.

Cruzar el acueducto turquesa desgastado por el clima requería un enfoque constante. Antes de poner un pie en el tubo de aluminio, Steven agarró un palo pesado para mantener el equilibrio. La caída del tubo fue de diez a catorce pies. Si se resbalara, tendría que salvarse, si pudiera. Imaginar el peor de los casos envió adrenalina bombeando a través de su cuerpo. Él estaría agarrando el tubo con los brazos extendidos, con los pies al revés por el impulso de su cuerpo que caía, antes de estrellarse de cabeza contra la masa de rocas debajo.

Con cuidado, Steven pisó el acueducto y se quedó quieto por un momento mientras respiraba. Hora de concentrarse. Es hora de poner chi en sus pies. Se comprometió a un ritmo uniforme. Rosa, puntiagudo. Rosa, puntiagudo. Paso a paso cruzó el tubo de metal mientras reverberaba. No podía retroceder ni darse la vuelta.

Mirando hacia abajo, se dio cuenta del paisaje a su derecha, la ladera de enebros torturados, el roble de matorral al sol enraizado en una roca que se desmoronaba. Debajo de él había fragmentos de roca cubiertos de líquenes.

Steven cruzó treinta pies hasta la pasarela sobre un barranco empinado donde el viento se levantaba.

Siguiendo un corto sendero de venado hasta la cresta de una cresta, tomó un sendero de trabajo más largo hasta la estación de bombeo de agua. Después de eso, descendió varias curvas cubiertas de nieve. Y luego fue una excursión fácil a la ciudad, a lo largo del hombro de la Interestatal.

En las afueras de la ciudad, había un edificio de estuco amarillo anaranjado que se asienta sobre cámaras de vapor subterráneas. Continuando por el camino pavimentado, Steven pasó la fuente de agua humeante para las aguas termales. La piscina Hot Springs había sido la más grande del mundo cuando se abrió en 1860. Más allá, a la derecha, había un gran edificio de roca roja y ladrillo beige que se había completado treinta y tres años después, el Hotel Colorado.

Steven solía visitar a Helen el martes. Una caminata de cinco minutos sobre el puente peatonal lo llevó a la biblioteca en una calle lateral sombreada por árboles. Desde el puente se detuvo para mirar hacia el río Colorado. Era casi la hora del ciclo del año para que las larvas de insectos eclosionen. Cuando lo hicieran, las golondrinas llegarían desde el sur, atrapando insectos en el aire. Era un patrón de la naturaleza que los humanos antiguos habían presenciado en este mismo lugar.

"Steven, hola. ¿Qué hay de nuevo hoy?" La cara y la voz de Helen brillaban con sol radiante cuando levantó la vista del escritorio para saludar a su amiga que venía a la biblioteca.

Steven usó su voz oboe para responder. "Tengo algo para ti. Una carta. Puso el papel doblado sobre el escritorio de Helen. "Cómo llegar a mi casa". Él arrastró los pies sobre el piso de baldosas. "No es que tengas que visitar".

"Gracias Steven. Aprecio todo lo que me traes. Puso la carta dentro de un cajón. "Esto es motivo de celebración ... ¿qué debo hacer ahora?"

Helen se echó a reír, echó la cabeza hacia atrás y se pasó las uñas por el pelo. "Tengo algunos recortes de periódico, y encontré otro posible trabajo para ti. Está en el Instituto Americano para la Conservación de Obras Históricas y Artísticas. Si no te aceptan en el Instituto Max Planck ".

"Gracias, Helen, pero ya he llenado los documentos para el Instituto. Estaré listo para lo que venga ".

Helen se llevó ambas manos a la cara y se frotó los ojos.

"Naturalmente estoy agradecido. Realmente lo estoy", agregó Steven.

Helen llamó a un compañero de trabajo en la trastienda. "Steven está aquí. Vamos a tomar un descanso para tomar café". Con la puerta del taller entreabierta, Helen escuchó al compañero de trabajo gruñir una breve respuesta.

"Vamos a sentarnos aquí", dijo Helen, señalando hacia una mesa junto a la ventana.

La mesa de madera estaba moteada por la luz del sol cuando Helen abrió una carpeta de papel manila con muchos susurros de periódicos. "¡Aquí hay uno para ti!

El titular dice "Los humanos son demasiado ruidosos para la naturaleza". Le entregó el artículo a Steven.

Steven se inclinó sobre el papel doblado. "Bonita foto de un lince. Abrigo gris claro. Orejas puntiagudas. Mechones negros y puntas de pelo blanco debajo de la barbilla. Leyó la línea de corte en voz alta. "Los biólogos que estudian las interacciones humano-lince en Vail Pass están teniendo problemas para encontrar los gatos raros". Steven señaló que el crédito de la foto era la División de Vida Silvestre de Colorado.

Con una mano en la frente y la otra en la cadera, Helen leyó la barra lateral del artículo. "¿Sabes sobre la distancia de alerta? Los animales se alertan entre sí de posibles amenazas. Y otra cosa que les afecta es el enmascaramiento; la capacidad de un animal para escuchar alertas se ve disminuida por otros sonidos en el área ".

Steven levantó las cejas. "Se trata de la pérdida de hábitat. Todo lo que hacen los animales: aparearse, buscar comida, localizar presas, evitar depredadores— "

"Hagan lo que hagan, tienen problemas para hacerlo. Por las cosas que hacemos ".

"Al final del día, ¿qué historia podemos contarnos para calmar nuestros espíritus problemáticos?". Sus manos estaban juntas en oración.

"*Sabes*", dijo Helen. "Es una historia más antigua que los humanos. Lo cuenta una madre oso a sus cachorros. Se cuenta hibernando a las ardillas mientras se acurrucan juntas. Lo dicen los pájaros encaramados en un cable, que se consuelan el uno al otro. Es la historia del amor ".

Los ojos de Steven se abrieron en comprensión. "Sí. La gente necesita amor. Es una fuerza curativa ".

"Aquí hay un artículo sobre el desprendimiento de rocas la semana pasada. Estaba en la CNN. Entrecerrando los ojos, inclinó la cabeza, manteniendo un tono alegre.

"Lo escuché desde donde vivo. Sonaba como alfileres en una bolera. Cerraron parte de la Interestatal ".

"Steven, fui al Internet y vi algunas fotos de esa zona donde vives. Está cerca de algunos tanques de agua redondos ".

Steven respondió con calma a su investigación. "Si está en Internet, debería esperar intrusos. Probablemente escaladores. Espero que nadie salga herido ".

"Así es como eres, Steven. Y supongo que así es como los animales se sienten el uno con el otro. Cuando no están devorando a los de su propia especie. Ella inclinó la cabeza hacia su muñeca. "¿No llevas reloj?"

"No me gusta nada alrededor de mi muñeca. Causa algunas molestias ".

"¿Por qué no te pones un estilo diferente?"

"No es el reloj, es la banda. Se detiene el flujo de *qhi* ".

"Pero eso no es real.''

Steven explicó más a fondo. "Los humanos tratamos con el mundo como si fuera una sustancia física. Alejamos las ideas que no se ajustan al paradigma materialista. Pero hay algo allí, a pesar de que no se puede ver. Podría lidiar con eso, ya sabes. Un día dejé de usar una correa de reloj alrededor de mi muñeca. Es una molestia menos ".

La bibliotecaria se enderezó en la silla. "Eres un antropólogo, ¿no se supone que debes estudiar el comportamiento humano? Pareces más interesado en la lingüística, el dibujo de imágenes y cosas que no puedes ver ".

"Mis entradas de diario son principalmente observaciones. Probablemente sepa que las observaciones diarias del entorno inmediato pueden decirnos quiénes somos. Es como leer el periódico de la mañana ".

"Steven, no hablamos".

"Estamos hablando ahora. La antropología está limitada por las personas que la enseñan. Nos falta el noventa y ocho por ciento de todo debido a cómo pensamos y cómo nos comportamos. Las personas que progresan y ayudan al avance de la civilización se especializan, como yo, en hominini pre-lenguaje, o desarrollan un enfoque multidisciplinario. O investigan la idea pionera de que somos más que seres físicos, que somos seres de energía ".

"¿Por qué tú y yo hacemos las cosas que hacemos?" Ella lo miraba a los ojos. Sus palabras significaban que estaba preguntando por los dos. Pero Steven estaba escribiendo en su diario.

Helen agitó un dedo como si hojeara un archivo. "Gary Claxton tiene un libro llamado *Mente de Tortuga con Cerebro de Liebre*. Quizás te guste. Él dice que la inteligencia aumenta cuando piensas menos. Es la venganza del cerebro derecho, lo llama. El sistema educativo no nos ayuda con el cerebro creativo, el cerebro femenino. La educación no funciona bien con el cerebro derecho ".

"Tiene razón", dijo Steven.

Al menos está prestando atención, pensó Helen.

"Hay una gran parte de nosotros que no entendemos. Mientras no usemos más de nuestro potencial humano, seguiremos viendo solo lo que vemos ahora.

"Los chinos tienen un dicho", le dijo Steven. "Si no cambiamos de dirección, es probable que terminemos hacia donde nos dirigimos".

****

Capítulo 6—Maybellene

El marcador mágico era la mejor herramienta para hacer un mapa estelar en el techo de la cueva. Steven echó la cabeza hacia atrás, examinando los puntos que ya había notado en el irregular muro al sur. Las constelaciones de Canis Major y Orión fueron para Steven recordatorios del clima frío, duro y áspero. Se inclinó hacia el diario y notó el progreso de la pintura rupestre. Una tabla en la parte frontal del cuaderno tenía espacio para un año, a partir de septiembre. Seguramente fue tiempo suficiente para desarrollar su tesis de conectividad observacional, su enfoque único de la antropología que resultaría en un puesto de investigación a tiempo completo en el Instituto Max Planck.

La condensación del techo de la cueva goteaba con un sonido escupidor sobre la estufa de leña. El arroz y los frijoles estaban hirviendo a fuego lento. Se quitó los calcetines de lana, luego regresó a su obra de arte, acercándose cada vez más a las manchas de las estrellas que formarían un rectángulo vertical. En el noreste estaba Betelgeuse, en lo alto del hombro izquierdo de Orión. Debajo de eso estaba Saiph, dentro de la rodilla izquierda. Al oeste, Bellatrix y Rigel completaron la geometría aproximada de Orión el cazador. Luego visualizó un lugar en la pared para Can Mayor, el más grande de los dos perros de Ptolomeo que siguieron a Orión.

Sin mirar, abrió la puerta de madera contrachapada por completo. El intercambio de aire en la cueva cargada con el aire fresco del exterior hizo vibrar la endeble puerta. La distracción duró un minuto, pero el polvo tardó un poco en calmarse. Retrocediendo, descansó sobre sus palmas y miró la imagen completa. Entonces se le ocurrió. Abajo y a la izquierda ... el lugar perfecto para un pequeño triángulo agudo de estrellas que apuntaría a sirio, el más brillante del cielo.

Con un enfoque intenso en el mapa estelar, ignoró un ruido apenas audible. Cuando se inclinó hacia la izquierda hacia la puerta, para tener una visión diferente de su trabajo, se encontró cara a cara con una mandíbula peluda y brillantes colmillos blancos. Con una sacudida instantánea, supo el aliento sangriento de un león de montaña.

La mirada de Steven se desvió hacia las líneas suaves del cráneo y la nariz de color claro que denota una hembra de la especie. Sus músculos se contrajeron en tirones cuando llegó a cerrar la puerta corredera. Su movimiento fue igualado por el gato montés de color rojizo, deteniéndolo a medio camino. Era una adulta, pensó, posiblemente de siete pies de largo y un peso de aproximadamente noventa libras. Además, puede haber un compañero cerca.

El gato grande leyó la cara de Steven, y luego se alejó por un momento.

La única defensa de Steven fue un mensaje apresurado pero tranquilo a sus músculos. ¡Relajarse! ¡Y sonríe! Él movió sus manos hacia afuera, hacia el león, luego las retiró en una pose de oración en su pecho. Tuvo que calmarse antes de poder calmar a esta bestia, tal como había hecho con el caballo que había criado en la Pennsylvania alemana.

La intrusión no fue un accidente. Podía leer la intención en los ojos del león. Estaba lo suficientemente tranquilo como para pensar que era extraño que los ojos miraran hacia adelante aparentemente sin enfocarse.

La gran felina actuó, moviendo su cola con indiferencia como preparándose para sentarse, pero no se relajó. Con un balanceo a su izquierda y una mirada cautelosa, le hizo saber al hombre que cualquier movimiento brusco sería imprudente.

Steven notó que estaba respirando por la boca abierta. Por el olor, se dio cuenta de que ella ya había comido y estaba saciada por una presa que probablemente había atrapado en las alturas del cañón. Recordó las huellas en el barro y la nieve que indicaban abundantes ciervos mulos cerca de la cueva.

Mientras relajaba sus grandes músculos de la espalda, Steven parpadeó para contener las lágrimas de sus ojos. Con un ritmo uniforme para suavizar sus musculosos músculos de la mandíbula, vocalizó suavemente las notas de la melodía de Chuck Berry. *"Maybellene, ¿por qué no puedes ser verdad? Oh, Maybellene, ¿por qué no puedes ser verdad? Has vuelto a hacer las cosas que solías hacer ... "*

Sus gritos de repente lo interrumpieron. *"Owweh! ¡Owweh!* Se lamió una pata y cantó en tono descendente. *"Wrrobble... wrrobble... wrrobble..."*

Escuchando, Steven inclinó la cabeza. Los tonos eran quejumbrosos pero entusiastas. Recordó un gato doméstico que una vez tuvo su familia. La mascota felina también había hablado así.

Este león de montaña era un adulto, observó Steven. Siete pies de largo, aproximadamente noventa libras. Sus ojos se abrieron cuando recordó que de febrero a abril era la temporada de reproducción. Ella podría tener un compañero cerca.

Ella "le habló" a él con un ritmo áspero. Con cuidado de no hacer movimientos bruscos, Steven se presionó contra la pared. ¿Cuáles eran sus opciones si el gato grande atacaba? Sentado como estaba, podía defenderse empujando al gato con los pies. O podría agarrar una losa de arenisca del suelo de la cueva y golpearla.

La mejor solución, una imperativa, era cerrar la puerta.

Habiéndola llamado mentalmente, ahora pronunció su nombre suavemente. "Bonito gatito, agradable Maybellene".

Ella repitió las proclamas quejumbrosas y las puntuó con pantalones. Terminó la diatriba con la boca sin un sonido. Luego comenzó a repetir todo, siguiendo su patrón impulsado por las hormonas. *"Owwer... owwer... owweee..."*

Habiéndose forzado a relajarse con una sonrisa, Steven estaba molesto. Esperaba que ella pronto se cansara, y que luego pudiera influir en la situación. Bostezó intencionalmente, giró los ojos hacia la pintura rupestre y se imaginó mentalmente acurrucado en un cálido saco de dormir.

Maybellene miró fijamente a Steven hasta que fue distraída por una ramita que se rompió afuera. Se giró hacia el sonido.

Girando la cabeza, Steven imitó su movimiento.

Su cuerpo siguió su cabeza en un solo movimiento y ella se fue.

Steven sintió que había tratado con bastante éxito con el animal salvaje. Apoyado en una mano, se inclinó fuera de la entrada de la cueva y miró hacia el sur. Quería echar un vistazo a Orión el cazador, pero estaba casi cegado por la luna llena. Tirando hacia adentro, Steven cerró la puerta con un golpe y dejó caer la clavija de bloqueo en su lugar.

Con el animal presente, sus sentidos habían disminuido a un ritmo maravilloso y pesado. Pero la experiencia lo dejó exhausto. Solo, podía escuchar a su corazón bombear sangre locamente a su cerebro. Intentó moverse, terminar la pintura rupestre, pero ambas manos permanecieron en el piso plano. Le temblaban los brazos por los codos.

Pensó en la siguiente pieza de madera que debía agregarse a la estufa, pero no podía mover su cuerpo. El arroz y los frijoles burbujeaban furiosamente en la olla de vidrio, mientras que trozos de Gouda envejecido se sentaban en una tabla de cortar, proyectando sombras en la pared cercana.

"Maybellene, ¿por qué no puedes ser verdad?",
Cantó Steven, su voz ya no era un oboe. Se estaba
recuperando lentamente del encuentro, y sabía que había
cambiado al núcleo. Cantaba la letra con una voz que
nunca había escuchado.

La verdad del asunto apareció en su conciencia, y
Steven hizo una mueca. La próxima vez podría no ser
tan afortunado de encontrarse con un león bien
alimentado en celo.

****

Capítulo 7—Club Cliffside

Steven dejó el libro que había estado leyendo, apoyó la almohada y se miró los dedos de los pies cerca de la puerta corredera de la cueva. Helen le había prestado *Animales en Traducción* de Temple Grandin. El autor creía que los animales tenían formas únicas de percibir, y que con la práctica los humanos también podían adquirir "percepción animal".

Mientras los destellos de luz de las velas se reflejaban en los dedos de los pies, Steven recordó el encuentro en la entrada de la cueva. Anochecía afuera. ¿Seguía el león de montaña observándolo?

Se levantó de la almohada para comprobar el plexiglás giratorio. Demasiado poco aire en la cueva podría causar una acumulación peligrosa de monóxido de carbono, podría estar envenenado mientras dormía. Pero demasiado aire aumentaría la velocidad de combustión en la estufa de leña.

Más temprano en el día en que había reunido un poco de enebro y madera de álamo. Había puesto un poco de madera, las dos piezas más grandes, en la estufa justo antes de establecerse para pasar la noche. Ni demasiado calor ni muy poco. La puerta y la estufa que funcionan en conjunto deberían permitirle una buena noche de sueño.

Bajando la cabeza de nuevo, Steven reflexionó sobre Maybellene. Con todo, un curioso león de montaña. Rodando sobre su espalda, vio las sombras bailar en el techo de la cueva. ¿Lo había estado observando desde principios de año? Había sentido *algo* ...

Los ojos de Steven se cerraron cuando se deslizó en las visiones de los sueños.

Un tubo de metal azul cruza la ladera. Él está caminando sobre él, dirigiéndose hacia la cima de una montaña distante. Después de que él salta, una corta caminata lo coloca en un nuevo lugar. Está sin aliento y no sabe cómo volver ... ¿a dónde? Él tampoco lo sabe.

Está cansado y tenso, y preocupado por quedarse sin aliento. Se estremece de miedo. ¿Y si no puede volver a subir? ¿Qué pasa si no se recupera después de una caída? Las diferencias en la elevación son mortalmente aterradoras. No hay lugar nivelado para sentarse y descansar.

Aferrado a la roca áspera, descubre un trozo de cuerda gris desgastada. Está atado a un afloramiento de roca donde se unen dos rocas. Él sube por la grieta entre las rocas.

En la parte superior tiene una buena vista de la zona a su alrededor. Pero el punto de vista lo ha puesto en peligro. Ahora tiene una peligrosa subida de regreso.

Comprueba la botella de agua ... vacía, salvo las gotas. Mientras sacude la botella con frustración, la tierra debajo de él cede. Se quita el sombrero y desaparece bajo montículos de escombros deslizantes.

Steven se despertó sobresaltado. El aire en la cueva era cálido y cargado. Las gotas del techo le salpicaron la cara. Se aclaró los ojos, luego notó que su sombrero colgaba ajustado de un gancho de madera. Estaba sudando. Se tragó un poco de agua, luego abrió la puerta de la cueva, como polvo, la nieve cayó justo dentro de la entrada.

Sacudió la cabeza, recordando las aterradoras imágenes de los sueños: había estado en un deslizamiento de tierra, agitándose impotente mientras la tierra lo arrojaba una y otra vez bajo rocas pesadas y tierra.

¿Quién soy? Se preguntó sobre los eventos de la vida que nunca se discuten y las palabras necesarias que nunca se hablan.

Siempre investigador de campo, Steven sonrió mientras tomaba una libreta para notas y el bolígrafo.

El que sabe cuando uno está siendo observado no tiene nombre. Los cazadores y los guías salvajes lo sienten. Pero la telepatía con los animales parece descartada para el resto de nosotros. Helen dijo que "realicé una investigación en términos de la naturaleza".

Retiró una colcha estampada que colgaba de la puerta; Las estrellas de múltiples puntas de la colcha compiten con la multitud de estrellas en el cielo nocturno. El camino frente a la cueva era árido, salvo por las rayas que no habían estado allí a la luz del día. A la luz de las velas y las estrellas, Steven podía distinguir el rojo oscuro de la sangre animal. Un cadáver de ciervo mula destrozado yacía en el camino.

Steven agarró sus pantalones.

Agachándose cerca del cadáver, notó que no se había comido una pata. Estudió las huellas cercanas y reconoció el movimiento hacia atrás de patas anchas con tacón ancho. Sin lugar a duda, la huella de un gran gato montés. *Maybellene ¡El cadáver de los ciervos fue un regalo!*

Con el cuchillo Bowie, Steven hizo un corte exploratorio en la pierna sin comer. Se imaginó arrojando un trozo sobre la repisa, luego recogiendo nieve para empacar la carne en el área más baja de la cueva.

El cuchillo cortó la piel sobre una articulación. Explorando a través del músculo, encontró la parte superior redondeada del hueso de la pierna. Con más cortes, liberó la pierna del resto de la carcasa.

La transpiración goteaba por su pecho y espalda. Su mente repitió el escenario de cómo iba a meter la pierna en la cueva. El sudor salado le picó los ojos. Agarrando la pierna por el casco extendido, la levantó hacia la repisa, pero falló. Con ambas manos en el extremo de la pierna, se congeló. *¿Cómo llevo esta pierna a la cueva? Sintió que no estaba solo en el anfiteatro, pero no pudo ver ningún movimiento.*

Respirando hondo, se calmó, luego arrastró la pata de ciervo por la escalera. Desde debajo de la entrada de la cueva arrojó bolas de nieve a la cornisa. Cuando los reunió dentro, para servir como refrigeración de la carcasa, invirtió los cuartos traseros por el casco para drenar la sangre.

Cuando movió la pierna a su posición, Steven se topó con la pirámide de productos enlatados. Sonidos caóticos de latas cayendo recordaban el sueño de su muerte.

Ahora estaba perplejo. *¿Cómo había sobrevivido a la catástrofe de Thistle?*

Tal vez debería decirles a sus padres que era hora de dejar Utah y regresar a su comunidad en Pennsylvania, Alemania. Sus pensamientos se dirigieron a sus primos del este, sentados en el gran sofá en medio de la sala de estar que daba a la chimenea. El ventanal de esa habitación se veía tan atractivo ahora, con sus cortinas de encaje y la vista de coloridas hojas de otoño que soplan en un torbellino bajo los árboles de color marrón grisáceo.

Tal vez volvería a ver a una niña de seis años pasando una bandeja de galletas, su capó blanco enmarcando una cara agradable con ojos penetrantes. Y luego, se recordó a sí mismo que estaba soñando despierto.

****

Capítulo 8—Coyotes de los Flat Tops

Desde fuera de la cueva, el yip, yip, yip de los coyotes le parecía a Steven una risa al borde de la histeria. Sus ojos se abrieron cuando los animales puntuaron su canción con chillidos al azar. Pensó en salir y hacer un escándalo.

Pero se quedó en la cama. La llamada del sueño fue más fuerte.

Abriendo los ojos a la luz de la mañana, se estiró y se frotó un cuerpo que le dolía de frío y todavía estaba privado de sueño. Limpiando la humedad en la puerta de plexiglás, miró hacia afuera, luego tomó su diario. Se dejó caer sobre el saco de dormir, escribió.

El cadáver de los ciervos se había ido. Durante la noche, vinieron los coyotes y se llevaron mi premio por venir aquí.

Anhelaba una visita esa mañana a las aguas termales de la ciudad, pero el martes era día de la biblioteca. En cambio, se ducharía en el club, pero no se sumergiría en las piscinas calientes. No quería llegar tarde al desayuno. Helen tendría los periódicos de la mañana listos.

Steven recogió productos horneados y café a lo largo de su ruta. Entró en la biblioteca y movió la cabeza de lado a lado, como si visitara el lugar por primera vez. Cuando vio a Helen, se echó a reír de alegría.

Se alegró de ver su felicidad. Aunque apenas lo conocía, entendía la risa como una ligereza, no una burla, ya que las personas más superficiales podrían tomarla. Esperaba atraer a alguien que sentía que estaba muy sola.

Un compañero de trabajo cercano le preguntó a Helen: "¿Realmente vive en una cueva en el cañón de Glenwood?". El compañero de trabajo le puso un dedo en la barbilla. "¿O él sabe de uno?"

Helen ignoró las preguntas y observó cómo se acercaba el hombre alto con el sombrero de ala plana. "¿Cómo va tu día?", Le preguntó a Steven.

"¡So weit, so gut!"

Con su apariencia simple, Helen sabía que no cautivaba a nadie. Ahora se encontraba inclinada hacia adelante tímidamente. Su lenguaje corporal era claro. Se estaba acercando a él con el fervor de una joven que veía un posible interés amoroso.

Steven se quitó el sombrero.

Helen se levantó, igualando su ritmo. "Ven y siéntate junto a la ventana". Ella sintió que el antropólogo era una persona interesante. Hablaba curiosamente de las comunicaciones interpersonales y del uso del lenguaje corporal en las conversaciones. Pero la bibliotecaria quería saber sobre la comunicación no verbal entre ellos.

Se sentaron al mismo tiempo, de manera lenta y deliberada. Tenían aproximadamente la misma edad, aunque el cabello gris de Helen reveló que era la mayor. Steven se recostó en la silla mientras Helen se inclinaba hacia adelante. Se golpeó las uñas en la mesa pulida.

Steven tartamudeó: "¿Crees que podrías vivir en una cueva?" Sus manos juntas se apretaron. "¿Qué tal una cabaña de montaña?"

Helen consideró una respuesta intelectual. Podía visitar a alguien en una choza, pero no a alguien en una cueva. Podría caminar por montañas verdes en verano, llegando a una cabaña de troncos bajo un cielo azul con nubes blancas.

Volviendo a la conversación, ella preguntó: "¿Cómo describirías nuestras reuniones de desayuno si alguien preguntara? Quiero decir, ¿qué crees que es importante para los dos?

Steven respondió secamente: "De donde yo vengo, tenemos personas que aceptan una obligación no escrita de cuidar a los camaradas".

"Sí, pero ¿quién es importante para ti ahora?"

Me prestaste ese libro de esa mujer blanca que salió a pasear, *Mensajes mutantes de abajo*. Los aborígenes expresaron su aprecio por la conexión invisible con el entorno ".

Helen tosió, ¿es esta una respuesta? Se preguntó cómo podría dirigir mejor la conversación. Ella quería decirle que debería considerar abandonar la cueva por un lugar más seguro. Estaba segura de que él podría continuar su investigación en una biblioteca o en un salón de clases. Una ubicación civilizada sería mucho mejor que una cueva. Ella cortó su croissant lateralmente, untando el interior con mantequilla. Ella suspiró, abandonándose a una noche de insomnio y sintiéndose deshecha.

Steven eligió un croissant y lo aplastó con un poco de mantequilla. Se lo comió todo de un bocado y lo bañó con un sorbo de café oscuro. Levantando la vista para ver una expresión de asombro en el rostro de Helen, comenzó su propia tangente sobre la conversación. "Tuve un sueño. Durante el día."

Helen lo miró a los ojos. A diferencia de los suyos, eran de un color marrón oscuro como la turba.

"Morí en mi sueño".

"¿De Verdad? Eso está bien, Steven. He leído que la muerte en un sueño significa un nuevo despertar o un renacimiento, no necesariamente una muerte física ".

"¡Así es como me siento al respecto!", Dijo contento de escuchar su acuerdo. "Se sintió como una experiencia genuina".

"Necesitas salir de esa cueva".

"Los Utes conocían este lugar como propio en algún momento".

"No somos los Utes. Tenemos nuestra propia cultura ".

"Nuestra cultura, la cultura popular, nos impide ver la realidad con nuestra naturaleza animal". Steven respiró hondo. "Helen, vas a cambiar".

"Steven, vivimos en una sociedad educada. Los animales se matan unos a otros.

"Los humanos comienzan a pelear por malos sentimientos, roban territorio, odian a las personas por sus apariencias. Los animales pueden ser pensativos, curiosos, juguetones y pueden juntar ideas".

"Se trata del león de montaña, ¿no?"

"Fui visitado. Ella saltó a mi cornisa justo cuando me estaba girando hacia la puerta. Era curiosa y absorta al mismo tiempo ".

"¿Que pasó después?"

"Ella se distrajo y salió de la cueva. Al día siguiente, me desperté con el cadáver de un ciervo mula en la puerta. Fue un premio ... Un regalo.

"Eso es asqueroso, Steven".

"Ella me está estudiando", dijo Steven mirando hacia arriba y lejos.

"Steven, ¿cuál es tu historia? Solo dime cómo llegaste a este punto.

Steven se deslizó en su silla. "Estaba la comunidad Amish. Viejo orden amish. Mi madre me hizo asistir a la escuela secundaria a pesar de que no estaba circuncidado. Le dije un día que quería estudiar la relación del hombre con la naturaleza. Sabía que tenía potencial, supongo. Nos mudamos al oeste. Comencé las clases en BYU y luego estaba el deslizamiento de tierra".

"¿Estuviste en el deslizamiento de tierra en Thistle?"

"Hmm. Sí. Estaba en casa, durante un descanso antes de mi tercer año. Me estaba preparando para salir al cañón Glenwood".

"¿Alguien murió?"

"No, no. Nadie murió. Fue triste, pero me recordó", moldeó sus brazos para indicar comunidad, "estamos todos juntos en esto ".

Helen se frotó la cara con asombro. "Thistle. ¡Oh, lo siento mucho! "

"Ah, eso es lo que pasa en las montañas. Los estados de las llanuras tienen sus tornados. Las tierras bajas se inundan. Me gusta la vida salvaje aquí, la garza azul, el águila calva, el ciervo mula y las ardillas. Casi nunca ves un león de montaña.

"¿Crees que tu puma está expresando pensamientos?"

Aunque su interrogatorio fue autodirigido, lo ayudó a centrarse más en Maybellene. "Ella podría tener sus momentos tristes".

Helen se cruzó de brazos. "Está ocupada siendo una leona".

"Los leones son líderes. Ella quiere decirme algo ".

****

Capítulo 9—Zona fronteriza

Abriendo los ojos a la oscuridad, Maybellene se arrastró hasta el borde del anfiteatro. Su hombre se sentó en su cueva. Se dio la vuelta, mirando a las estrellas. Ella no lo necesitaba, necesitaba otro león. Su hombre tenía su fuego. Y ahora tenía comida. Se quedó allí, satisfecho allí.

Maybellene se relajó y luego se recostó. Ella observó la luz parpadeante. Un pequeño humo se elevó y se aferró al acantilado.

Los golpes en su torso iban y venían, los agradables ruidos vibraban en armonía. Estar en celo era una gran distracción. Su cuerpo deseaba un compañero, pero su ubicación estaba en conflicto con los machos que preferían la naturaleza. ¿Qué león macho se aventuraría tan cerca del ruido y los olores humanos?

Maybellene sintió la tensión de adaptarse a la frontera artificial. Pronto sería el momento de retirarse a las tierras altas donde sus pensamientos estarían libres de los bípedos.

El hombre de las cavernas apareció a la vista, abriendo su ventana. La luz de las velas se apagó, dejando que el brillo de la estufa de leña iluminara la cámara. Ella podría realizar su baile de nuevo. Podía descender al refugio, confundiendo al hombre con sus sonidos salvajes y locos. Tal vez no.

¿Cómo terminaría este comportamiento? Ella sabía la respuesta. Estaría distraída y extrañaría ser impregnada por su propia especie. Se le ocurrió una noción de elección. Podía tumbarse al borde del precipicio y mirar toda la noche. O podría correr a la oscuridad para encontrar un compañero.

Ella se lamió las patas. La fascinaba, el hombre de las cavernas se separaba de las criaturas domésticas de la ciudad. Si ella se quedara con el hombre, tendría un compañero. Pero si ella se quedaba demasiado tiempo, él podría matarla. O ella podría matarlo

Maybellene estaba a punto de irse cuando vio a su hombre a la luz del pasillo, llamando en su dirección. Ella yacía allí, adivinando sus pensamientos.

Con toda la fuerza de sus pulmones, Steven gritó, agitando sus manos hacia las alturas del anfiteatro.

Ella no podía entender sus vocalizaciones y la mirada de sufrimiento. Agitó las manos de un lado a otro con la determinación de alguien que quisiera transmitir el mismo sentimiento a otro ser. Apenas podía oír que hablaba de carreteras y trenes, hierba seca y un mejor lugar para un león de montaña fuera de la frontera.

Steven la quería fuera de ese lugar, pero ella no entendió ni una palabra.

Era curioso que su hombre de las cavernas supusiera que podía conectarse con su mundo, pero ahora estaba preocupada. Miró a su alrededor, afirmando que no había otros animales en esta frontera. Ella trató de darle sentido a su exhibición, una advertencia sobre un terrible mañana.

****

Capítulo 10—Solo quiero un hombre normal

Helen no estaba leyendo el libro frente a ella, uno de los miles en la biblioteca. Aunque las palabras estaban en inglés, estaban borrosas. Incluso los números de página eran ilegibles en ese momento. Ella cerró los ojos. *Solo quiero un hombre normal.*

Ella vivía en una casa, tenía agua corriente, plomería interior, iluminación eléctrica, calefacción central, lavadora y secadora, televisión. Ella tenía un auto y un lugar para estacionarlo.

Él vivía en una cueva. Y ella se sintió atraída por él.

¿Cuál fue el daño al visitar la cueva? se preguntó a sí misma. Había dejado que las cosas pasaran, no le importaría nada en el mundo, mientras lo que sucediera, sucediera a la luz del día. Si ella fuera a visitar la cueva, se iría mientras aún era de día.

Lo conozco bastante bien, se dijo. *Le gusta separarse viviendo en un agujero al lado de un acantilado.* La ubicación de Steven a dos millas de la ciudad y mil trescientos pies sobre el cañón Interestatal y el río le dieron el resultado deseado. Ese lugar le permitió separarse de una cultura que apreciaba ganar y tener un lugar al que llamar "hogar". A Helen no le gustaba usar una cierta palabra para Steven, pero la verdad era ... y ella lo sabía: *no tenía hogar.*

Helen se sentó en la biblioteca, levantando la vista solo cuando pasaba un cliente ocasional. Se preguntó si alguien podría decir que estaba bastante alejada mentalmente de lo que parecía estar haciendo. No podía mirar sin ver por siempre. Finalmente, alguien haría una pregunta, tal vez quiera saber sobre el libro que pretendía leer.

Sus ojos se dirigieron a un compañero de trabajo que estaba revisando un libro devuelto. Helen se levantó y se dirigió hacia la puerta exterior. En el camino, pasó junto a una pantalla de computadora que mostraba un sitio de YouTube de Konstantin Soukhovetsky. El pianista rubio miró hacia adelante mientras tocaba el Piano 3.

La empleada se aclaró la garganta. "Helen, ¿a dónde vas?"

Cuando la bibliotecaria no respondió, la compañera de trabajo levantó el teléfono y marcó, estirando el cable enrollado mientras se inclinaba sobre el mostrador para ver a Helen alejarse de la biblioteca.

"Señor. Boggles, es Linda. Me pediste que te llamara si Helen hacía algo inusual."

****

Capítulo 11—La nieve a finales de abril

La temperatura del aire fue un mínimo histórico de 19 grados Fahrenheit. A 6611 pies, se había acumulado un pie de nieve desde las horas de la mañana. El informe de los desagües de las Montañas Rocosas Centrales agregó que los embalses eran altos. En la ciudad, el clima alternaba entre el sol directo y una mezcla de nevadas. A veces, la precipitación volvía a las nubes, donde, después de mantenerse en alto, volvía a caer como *un copo de nieve.*

Steven sostuvo un cuarto entre el pulgar y el índice, preparándose para ponerlo en el mecanismo de la silla de burbujas. La piscina más pequeña en Glenwood Hot Springs se enfrió a 104 grados, diez grados más que la piscina adyacente. Fue promocionado como el jacuzzi más grande del mundo y contó con el simple lujo de una silla de burbujas.

Steven dejó caer la moneda, luego gravitó hacia el asiento, agarrándose mientras un fuerte estallido de burbujas levantaba sus pies hacia el centro de la piscina. Él rió. Su euforia alcanzó su punto máximo con el ruido del agua agitada. La risa reflejó la ligereza en su cabeza. Coincidía con el ritmo de las burbujas de aire que surgían a su alrededor.

La silla de burbujas proporcionó información. En una meditación inducida, Steven alucinaba al ver a los sabios responsables de la sonrisa en su rostro. Esos diseñadores eran canosos y calvos, hombres con gafas y batas de laboratorio, agazapados sobre los clientes que pagaban veinticinco centavos por las lujosas burbujas.

No se preguntaba por qué los hombres llevaban batas de laboratorio. Parecían personas que estaban en sintonía con su entorno. Probablemente temblaron cuando se enfriaron; tal vez se les puso la piel de gallina cuando identificaron una idea interesante fuera de su propia experiencia.

Estos no fueron los que desarrollaron un defoliante como el Agente Naranja. Estas no eran personas que atrofiaban los árboles frutales de la ciudad para disuadir a los osos. Estos no fueron científicos que llevaron la radiación de microondas de la tecnología de los teléfonos celulares a una proximidad íntima con el cerebro humano.

Estos hombres con sus batas blancas de laboratorio parecían tener mascotas en casa. Tal vez incluso aprendieron a temblar como un perro cuando se enfriaron. O tal vez experimentaron escalofríos al identificarse con una idea interesante fuera de su propia experiencia.

Estos hombres con batas blancas de laboratorio podrían ir a bailar los fines de semana por la noche, después de colocar tazones de papas fritas y bañarse para los niños que dejaron en casa.

El domingo por la mañana, tal vez su predicador perpetuaba la creencia de que Dios estaba separado de los humanos. Tal vez los predicadores repitieron los mitos habituales, que los humanos fueron puestos en la tierra para emular a un gobernante en un trono, que los humanos debían actuar como dioses, regular los minerales que se extraerían, las plantas que se explotarían y los animales se mantendrían para siempre en lugares de menor cantidad.

Sin embargo, por el costo de un cuarto, Steven pudo saber que nada de eso importaba.

Repasó su posición contra los hombres en batas de laboratorio. Él también fue uno de ellos, haciendo observaciones, tomando notas. Su propio lenguaje reforzó una visión antropomórfica del mundo.

En cuanto a Maybellene, él sabía en sus huesos que ella era una maestra observadora. Ella sabía mejor que él cómo tener éxito en el entorno natural.

Steven se dio cuenta de que se podía argumentar que el hombre fue un accidente de Dios. Su contraargumento sería que el cerebro humano proporcionaba una distorsión del mundo, y que posiblemente Dios estaba esperando ver cómo resultó todo para tal criatura con derecho.

****

Capítulo 12—Día de las Madres

Maybellene agarró el grupo de hierba con una inclinación lateral de la cabeza. Después de unos cuantos bocados, ella gimió con espasmos que comenzaron en su núcleo. Regurgitó la hierba en dos levantamientos. Fue suficiente para satisfacer una rutina. Ella inspeccionó el resultado y no encontró nada inusual. Su madre le había enseñado el ejercicio, una forma de limpieza que se realiza mejor durante el día.

Se imaginó a su hombre, preguntándose qué estaría haciendo. Dejó de caminar para dejar que las imágenes pasaran por su mente: *El habitante de la cueva está enfermo en la cueva. El habitante de la cueva está afuera, mirando el sol. El habitante de la cueva se ha ido*. Ella consideró " *El habitante de la cueva se ha ido"*, pero ¿a qué lugar?

Su hombre podía quedarse, ahora que tenía una pata de ciervo en su cueva. Como cualquier otro animal feliz, mantuvo su comida cerca de él, pero escondida. Maybellene se sentó con una expresión preocupada en su rostro. Era inapropiado que las dos piernas se quedaran en la cueva. Rodeó un lugar, encontrando un buen lugar para tomar una siesta con las orejas alejadas de los ruidos de la gente.

Después de un día en la piscina de aguas termales, Steven se ocupó en su refugio. La cena sería al anochecer, y para eso prepararía un estofado. Revisó el proceso primero en imágenes. Arroz al vapor, dos horas en la estufa de leña. Agregue una lata de guisantes de ojos negros. La carne se agregaría al final.

Mientras se cocinaba el arroz, él prepararía la carne de venado. Después de cortar piezas delgadas de la pierna, las colocó en un recipiente de aluminio poco profundo que había guardado de la casa de sus padres en Utah. Más tarde, sellaría las piezas en una sartén de hierro fundido.

Mientras trabajaba, Steven se imaginó a Maybellene caminando por el desierto de Flat Top, balanceando su cola. Había visto un artículo de periódico y una foto de una mujer cazadora y el león de montaña que había matado durante la temporada de proa. En la foto, la mujer estaba sonriendo ampliamente mientras sostenía la cabeza de su trofeo. Pensó en su padre matando así, pero Steven sabía que su padre habría estado más interesado en matar a un animal por su buena carne.

Maybellene estaba a salvo por ahora. Steven estaba familiarizado con el horario de la temporada de caza. Las cosas realmente no mejorarían hasta la temporada de ciervos y alces en noviembre. Por cuarenta y un dólares, un cazador local podría embolsar un león de montaña. Los cazadores de otros estados pagarían doscientos cincuenta dólares al Departamento de Vida Silvestre por la posibilidad de cazar.

Steven se imaginó a su Maybellene, con la cabeza vuelta hacia una elevación más baja, las patas traseras equilibrando una postura alta, su mandíbula caída para una vocalización.

Una foto de su madre asomándose por la puerta de la cocina para tocar el timbre de la cena llegó a él. Tocó una campana de vaca, y cuando la oyó, él reconoció la señal y luego se preparó para la cena. Ahora, sintiendo la necesidad de repetir el ritual, Steven cantó las dos notas como solía hacerlo, una nota todavía ligeramente plana. "¡Cuhhh-meeng!"

Confortado por las imágenes mentales y la canción de la campana de la cena, Steven terminó de cortar la carne. Otro palo de madera de álamo entró en la estufa, a un lado. La botella de agua junto al paquete de día, luego las botas, el sombrero y la barra de granola completaron los preparativos inmediatos.

Afuera, la luz de primavera hacía que todo se viera diferente. La Tierra estaba cambiando su órbita para el verano del norte. Los días de granizo frío estaban llegando a su fin.

Las aceitunas de alas azules eclosionaron en el río, todo el día, todos los días, durante un mes. La metamorfosis en criaturas voladoras atrajo a las golondrinas de alas rápidas, esas aves con el trino agudo. Steven vio la migración de las golondrinas como valentía. Adoptó esta energía viva para su salida, una exploración de las elevaciones más altas.

Fuera de la cueva, un pequeño animal llamó su atención mientras permanecía inmóvil en una roca. De espaldas al sol, giró la cabeza lo suficiente como para mirar al recién llegado. Steven necesitaba identificar al animal. Se para sobre sus patas traseras. Cerca de catorce pulgadas de alto. Cuerpo cubierto de pelaje marrón anaranjado. Nariz negra con ojos negros. Podría ser *una ardilla gigante* pero más probablemente *una ardilla de tierra con manto dorado.*

Steven siguió caminando, su cabeza girando para detectar cualquier movimiento a su alrededor. Se ajustó el sombrero para bloquear el sol. El área era un desierto designado. No habría perforación de gas, ni prospección de esquisto bituminoso, ni vehículos todo terreno. Sería tranquilo, excepto por los disparos durante la temporada de caza.

Las aves llamaron en trinos como flautas que sonaban como petirrojos. Eran trincapiñones de cabeza negra, de la familia cardinal, generalmente no habitantes de bosques de coníferas a menos que hubiera árboles y arroyos de hoja ancha en el área. Steven observó el plumaje de color canela y las alas negras con marcas blancas. Los picos eran oscuros y cónicos, útiles para reducir una dieta variada de insectos y semillas. Por un momento los pájaros dejaron de cantar.

Las marcas en un poste de madera atrajeron la atención de Steven. A la altura de sus ojos, la corteza fue retirada del tronco. Los rasguños podrían ser una comunicación, pero no fueron hechos para comida o para escalar. No sabía si era algo territorial o si el animal se estaba haciendo hilo dental. Un excremento cercano con bayas y hojas a medio digerir confirmó que un oso había marcado el árbol. Con chirridos de percusión, los pájaros ahora estaban llamando a la alarma.

Steven tomó un trago de agua de una botella y se volvió. Había observado lo suficiente por un día. Era hora de verificar la cena.

Se encontró gritando de nuevo: "¡Oww! Oweh! ¡Eh uleh! Otro gato la miraba mientras ella hacía ruidos de dolor.

Detrás de los cantos rodados al abrigo de los pinos de posada, apareció un león macho juvenil.

Ella lo había perfumado mucho antes. Ahora lo mantenía en su visión periférica. Con movimientos mecánicos de baile, repetidamente llegó a una posición fija con su vulva rosa en alto, con la cola retorcida a un lado. Su pecho tocó el suelo mientras se apoyaba en sus antebrazos.

El hombre se acercó con cautela, rodeándola, olisqueando, consciente de que podría atacar si se le provocaba. Al observar sus travesuras, decidió que era una oportunidad sólida para aparearse. Con urgencia, la golpeó por detrás con su pene de púas, pero falló cuando ella retrocedió hacia él. Frustrado, él golpeó su cabeza y la empujó por detrás. Finalmente tuvo éxito y se encerraron juntos.

Maybellene gruñó cuando el joven macho la bombeó. Era otro instinto de tal posición con un extraño. Cuando se le acercó una imagen del habitante de la cueva, ella ladró bruscamente varias vocalizaciones de aspecto humano. *"Ah, también weeka ... mann koops demanda a weeka ... taka woota también ku ka ku"*.

Cuando el macho expulsó su carga, sintió por un momento que era invencible, a pesar de que ahora era vulnerable a un ataque de un competidor. Agotado, luchó para quitar su miembro de múltiples púas, arañando su torso tenso. Después de unos cuantos murciélagos más con sus patas, logró separarse y correr para cubrirse.

Maybellene se trasladó a las rocas de piedra caliza. Borracha por el flujo de hormonas, chocó con el costado del tronco de un árbol. Sintiendo el dolor del encuentro, suplicó alivio, se derrumbó y gimió el nombre del habitante de la cueva. "*Huuhoh*".

****

Capítulo 13—Antropólogo evolutivo

En la recepción de la biblioteca, Helen y Linda se enfrentaron cuando un cliente se abrió paso a través de las pesadas puertas de entrada de vidrio.

"Entonces, ¿qué hay de nuevo con el hombre de las cavernas?", Preguntó Linda a su compañero de trabajo.

Helen habló en grupos de tres palabras: "Ha descubierto ... una relación maravillosa ... con una leona".

"¡Pero tú eres el que está interesado en Steven!", Dijo Linda. "¿Qué está haciendo con un león de montaña?"

Cuánto más quería revelar, se preguntó Helen. Finalmente ella habló. "Se necesita paciencia para llevarse bien con Steven".

"¿Qué está pasando con él, aparte de venir a verte aquí?" Mirando hacia arriba, Helen respiró hondo. "Me dijo que el gato le trajo una pata de ciervo".

Linda jadeó, "¡Ahh! ¿Cómo es eso posible?"

"El gato lo ha estado observando y ella le trajo un ciervo muerto".

Linda se balanceó sobre sus curas. "Ella."

Helen asintió con la cabeza.

La voz de Linda vaciló en un tono alto. "¿Cuánto tiempo más se pondrá en peligro?"

"Su tercer año. Quizás más tiempo.

"Eres mayor que él, Helen. ¿Como diez años?

"No le importa hablar conmigo". Helen chasqueó la lengua. "Lo importante en este momento es que lo ayudo a través de su observación ... observación participativa. Es un proceso ".

"No es el único que mira. Creo que el león de montaña está haciendo un inventario y que terminará como cena ".

Helen parpadeó.

Linda levantó la mano temblorosa. El aire que escapaba de su boca abierta no formaba palabras, solo un sonido nervioso y sin aliento. "Uh-oh". Se apartó de Helen.

"Steven está haciendo un trabajo muy importante", insistió Helen. "Está mostrando un liderazgo emocional al enfrentar la adversidad".

Linda replicó: "Entonces déjalo continuar. Pero si Steven muere mutilado, sabes que alguien tendrá que ir al cañón y matar a ese gato ".

Helen se llevó una mano a la boca abierta. "¡Qué horrible sugerencia!"

"Acéptalo, Helen. Los humanos están a cargo. Piensa en Génesis 21: 7. Sabemos cómo hacer negocios. Ella giró sus curas y fue detrás de una pila a la oficina.

En voz baja, Helen murmuró. "Discípulo de dominio. Tienes tanto miedo de estar fuera de control ".

¡Escuché lo que dijiste! ¿Volverías aquí por un momento?

Helen lo hizo así. "Steven dice que las personas sienten que están fuera de control. Entonces se enfurecen cuando algo les sale mal. Necesitan comunidad, dice, para construir relaciones ".

"Todos tienen derecho a una opinión", resopló Linda. "Crees que puedes etiquetar a las personas, pero se dedican a sus asuntos, y solo porque hacen las cosas de manera diferente, crees que están equivocadas o son inferiores".

"Es una observación, no una opinión". Helen cruzó las manos. "Es como leer ficción. Los autores evocan imágenes mentales. No le dicen qué pensar, aunque le piden que esté abierto a nuevas ideas. Y eso me lleva de vuelta a los Amish, como si estuviéramos hablando el otro día. En realidad, todos los Amish son diferentes, ya que las comunidades evolucionan de acuerdo con los desafíos inmediatos en su entorno ".

Helen miró a Linda directamente a los ojos. "Lo más importante con los Amish es lo que está sucediendo en este momento, en este momento. Es la firma de Dios. Helen extendió las manos. "Evitan deliberadamente el desapego, confiando en la conversación directa".

Apartando la mirada de Helen, Linda asintió.

"Por eso no conducen automóviles y la mayoría de ellos no tienen teléfonos celulares. ¿Puedes imaginar a una mujer Amish corriendo por la carretera mientras viaja al trabajo con un teléfono celular cerca de la oreja?

Linda se enderezó. "Eso es lo que hago."

"Sí, eso es lo que hacemos en esta cultura, ¿no? Estás arriesgando otras vidas en la carretera. ¿No puedes levantarte más temprano para prepararte mejor para lo que haces todos los días? "

"Todo está bien. No tienes que decirles a todos qué hacer. Todo lo que todos están haciendo está bien ".

Una foto de niños hambrientos en África llegó a Helen y ella soltó: "¡Díselo a la gente de Dafur!"

Linda ardió, preguntándose cómo podría alejarse de la discusión.

Helen pensó por un momento y luego volvió a hablar. "Ahora entiendo a Steven. Su estudio del hombre implica la comunicación entre especies. Dice que estamos en el acantilado de un club. Los animales y los humanos están en el mismo club y no somos tan diferentes ".

****

Capítulo 14—En el bosque sin pretensiones

Maybellene observó desde su percha alta mientras se preguntaba por su hombre. Ella movió la nariz con sospecha de este humano que no vivía en una casa. Según su experiencia, se suponía que los humanos debían vivir entre otros humanos. Miró hacia otro lado a una colección escuálida de palos sin hojas, ramas de un arbusto que no había sobrevivido al invierno.

Miró hacia la cueva y miró por el lado del acantilado, sin detectar movimiento en ninguna parte. Estaba sola en su observación. Puso la barbilla sobre la pata y entrecerró los ojos, cómoda por el momento a la sombra parcial de un enebro. Una bandada de golondrinas revoloteó en el lado sur del anfiteatro y se fue sin encontrar insectos en el aire para comer. Maybellene cerró los ojos. Pensó en sí misma retirándose a los confines de su territorio, un caos de piñas al azar sobre camas de agujas de pino.

Steven ajustó su ropa de cama acolchada, con la cabeza apoyada, un libro abierto sobre su pecho. Sobre él estaba el techo de piedra caliza gris azulada con las sombras de sus ángulos parpadeando a la luz de las velas. Revisó las imágenes en su mente, recién leídas de La familia del hombre, una edición original firmada de la famosa colección fotográfica de Steichen. Las fotos provienen de una época en que la fotografía era una forma de arte.

Recordó "Madre migrante", la foto de una mujer hambrienta mirando hacia el horizonte mientras dos niños, con la cabeza apoyada en sus hombros, desviaban la mirada. Se preguntó si Maybellene estaría alguna vez en una situación tan grave.

La vida era complicada y la fotografía permitía múltiples interpretaciones. Steven lo resumió en sus notas. *Madre migrante: sus hijos se ven privados de sus derechos naturales por la pobreza durante los años del polvo. Vida, libertad y la búsqueda de la felicidad.*

Steven estaba fascinado con el inglés y sus limitaciones. Pensó en su madre y su influencia en la familia. Cuando se mudaron de la Pennsylvania alemana, fue ella quien le advirtió sobre el idioma inglés y su dificultad inherente para transmitir cualquier otra cosa que no sean las normas y reglamentos.

Lo describió como un lenguaje de instrucciones, una versión abreviada del alemán antiguo; dejó de lado las complejidades de la lengua más vieja. Recordó un momento en particular cuando ella habló sobre el tema, mientras él se sentaba en el borde de la cama, apartándose el cabello de los ojos

Ella dijo que el inglés tomó tanta alma del idioma de los padres que fue difícil para un oyente conjurar la imaginación.

Su madre había dicho: "La adversidad da fuerza al matrimonio", utilizando la metáfora de la canción de Amish *Es sind zween Weg*: "el camino angosto". Fue ella quien valientemente salvó tantos libros del deslizamiento de tierra que destruyó la casa en Utah.

Steven también expresó la preocupación de su padre por la cultura inglesa cuando se trataba de hacer amigos en la escuela secundaria. Tenía acento, una versión recortada del inglés. No estaba circuncidado y, por lo tanto, estaba ansioso por cómo sería juzgado en el vestuario. No compartió la historia cultural que los demás aprendieron de la televisión; no entendía los chistes que otros chicos contaban.

Pero él equilibraría toda esa inseguridad y falta con su dominio del inglés coloquial.

Cuando pudo hacer un amigo y hacer algo más que la escuela y las tareas domésticas, se equipó con una broma incómoda: que su copia de la Biblia tenía alto alemán en una página y King James English en la página opuesta. De su padre había aprendido que los ingleses se ocupaban de decirles a los demás qué hacer y al mismo tiempo se rebelaban contra cualquiera que asumiera el mando.

Steven quería darle poder a la perspectiva amish de que la comunidad provenía del núcleo de un individuo. Pero nunca tuvo una amistad que duró lo suficiente como para llegar a la conversación que deseaba tener, cómo los eventos podían cambiar la verdad sobre sí mismo o que la prueba de la realidad recaía en el individuo.

Había aprendido temprano que tener una conversación en profundidad mientras estaba en la cultura inglesa era infructuoso. La gente del exterior hablaba con una intención inconsciente de controlar a los demás, y no entendían la historia militante del idioma inglés. Cuando los ingleses se relacionaron entre sí, Steven había observado a menudo, sin darse cuenta establecieron líneas de batalla. Era una característica insidiosa del discurso que realzaba aún más su noción de que estaban separados unos de otros y de sus primos animales.

No fue culpa de los anglos y sajones europeos. Simplemente habían proporcionado una variable lingüística en la gran marcha hacia el pensamiento organizado. La tendencia al dominio del cerebro había comenzado mucho antes, en los tiempos bíblicos.

Después de reflexionar sobre su pasado, Steven tomó una libreta para escribir una carta a un anciano en el este. Garabateó en la libreta, tirando y girando sobre los conceptos que le dan estructura al Hombre.

**

Querido Abe,

He estado pensando en los forasteros y su necesidad de controlar. Un león de montaña vino a mi puerta recientemente. Su alma era evidente en sus emociones y apetitos. Actuó más que por instinto. Ella me trajo el regalo de una pata de ciervo. Eso me dijo que ella tiene espíritu.

Estoy pensando que un animal puede ser pensativo, y con paciencia puede incluso observar lo que podríamos perder. También estoy pensando que, si me porto mal, el león puede sentirse perjudicado. No quiero sentir que soy su mascota. ¿Qué le voy a dar?

**

Steven dejó el bloc de notas, sabiendo que cualquier respuesta sería deferente, pero sin detalles. Miró por la puerta.

¿Quién se dedica a la felicidad y el compañerismo? ¿Quién entiende la importancia de la experiencia individual? Olfateó el aire, detectando olores de rocas mojadas y pelo de animales.

Me pregunto qué está haciendo Maybellene.

Según la estimación de Steven, Maybellene parecía dedicada a su felicidad. Era compasiva con un humano que no vivía entre otros humanos, que no viajaba por la carretera, que no consideraba la tierra como una posesión, y que se había convertido en miembro del club Cliffside sin pretensiones.

****

Capítulo 15—Desequilibrio entre especies

Los árboles y arbustos se distinguieron con diferentes colores de hojas. Los arbustos se expresaron primero. Comenzaron con brotes verdes translúcidos, de un color como las uvas verdes, que aún no son completamente capaces de fotosíntesis

Este verde casi claro cambió en la observación. La mente dijo verde claro, pero reducirlo a una descripción no era toda la historia. El color de las hojas en ciernes cambió según el fondo, el clima, la hora del día y el estado emocional del observador. Steven se dio cuenta de que su neocórtex había generalizado el color como la verde lima cuando en realidad había varios colores al mismo tiempo.

Mirando desde su cueva, sentado en una silla de río de perfil bajo, Steven estaba contento con su patio tosco, plantado por algún medio desconocido para transportar semillas, en un momento en un pasado no muy lejano. Una nevada final y las últimas ráfagas de primavera habían ocurrido semanas atrás. Cuando la Tierra entró en una nueva parte de su órbita, aumentaron las horas de luz solar.

A Steven se le ocurrió que el verano en el anfiteatro sería caluroso, y vivir en la cueva sería difícil sin ventilación. Mirando por encima del hombro, miró la pared que había construido para sostener la puerta. En su mente, reemplazó la parte superior de la pared con una pantalla, con una entrada inferior para la circulación del aire.

Sus diseños mentales fueron interrumpidos por la necesidad de aliviarse. Mientras se movía hacia un agujero en el suelo entre el talud de deslizamiento de rocas del patio y la cara del acantilado, no se dio cuenta de que lo estaban observando durante los pocos momentos que estaba fuera de la cueva. La detección requería tiempo, eso era tan cierto para los caballos y los perros como para las personas.

Pero cuando pensó en mirar alrededor, sintió una intensa mirada cambiar. No se sentía inclinado a mirar hacia arriba.

Maybellene apartó la vista del aleteo de un cuervo y volvió la mirada hacia el habitante de la cueva, *Huuhoh*. Se dio cuenta de que estaba contento de ver las ramas de los árboles agitarse, las hojas nuevas atrapaban brisas al azar. Si él era feliz, entonces ella también sonreiría. Pero había algo que el hombre de las cavernas tenía que ver. Ella quería llevarlo al lugar donde estaba enterrado el cazador.

Realmente era demasiado para Maybellene preocuparse por la actividad humana. ¿Quién sabía lo que estaban pensando? Si *Huuhoh* estuviera en un automóvil, eso sería comprensible. Si caminara con otros humanos, eso sería ordinario y predecible. Pero este hombre estaba felizmente sentado en una repisa, con las manos detrás de la cabeza, y parecía que no pensaba en nada.

Ella sacudió la cabeza para ordenar sus pensamientos en un orden satisfactorio. Ella quería que el hombre se ajustara a su imagen de llevarlo lejos de la cueva. Miró hacia adelante, su imagen mental solo estaba tomando forma, pero *Huuhoh* no estaba allí. Ella esperó. Él apareció a la vista, de pie. Llevaba pantalones que combinaban con el amarillo claro de la piedra caliza fresca, una chaqueta gris azulada que combinaba con la cara de roca más antigua y un sombrero angular de ala plana.

En la siguiente escena, ella estaba caminando frente a él, mostrando el camino. Juntos treparon por el sendero de los ciervos, volviendo varias veces hasta llegar a un montón de hojas y escombros detrás de un gran arbusto. Ella lo miró por el contacto visual que deseaba.

No podía explicar por qué se sentía tan vacía y por qué este hombre podía cumplir una solicitud tan inusual. Ella sintió que solo él podía proporcionarle a su corazón la calidez que necesitaba. Pero su propósito era fuerte. Ella necesitaba que él volviera con su gente.

Maybellene se apartó de su visión. Era demasiado para un león detenerse durante tanto tiempo en una tarea imposible. Se enderezó y dio unos pasos que no la llevaron a ninguna parte. Miró a la izquierda, luego a la derecha, enojada consigo misma por permitir que tales pensamientos entraran en su mente. Ahora ni siquiera podía caminar hacia adelante.

El anochecer y una barriga vacía decidieron las acciones para ella. Era un buen momento para cazar presas fáciles como un pájaro enfermo o un roedor distraído.

Steven estaba agradecido por la pata de ciervo. Señaló en su diario que probablemente no era la primera vez que un hombre buscaba una muerte dejada por un depredador y que probablemente no sería la última. Le recordó a su novia vegetariana y lo que ella le había escrito sobre comer carne. Pasó la tarde hurgando en sus papeles para encontrar la carta.

Steven, cuanto más escucho de ti, menos siento que tengamos algo en común. Su última carta fue repulsiva y me revolvió tanto el estómago que debo decir que no podemos ir más lejos para conocernos, ¿de acuerdo? Perfecto. Sinceramente, sin resentimientos.

Steven recordó lo devastado que había estado por esa carta, con su amarga finalidad. Los pensamientos que habían estado navegando hacia un horizonte brillante se paralizaron. Su habilidad para interactuar con otros era cuestionable. La forma en que otros lo veían fue puesta en duda.

Algunas personas apreciaron su acercamiento a las personas, y a otras no les importó saber la fuente de su alegría. Vio la interacción con los demás como parte de un experimento. Él creía que las personas involucradas en la conversación albergaban una agenda que obstaculizaba las relaciones.

Pero sus racionalizaciones fueron solo hasta cierto punto. Estaba convencido de que no había forma de explicarse a las autoridades en su campo que no incluía comunicarse con leones de montaña como Maybellene. Tal comunicación no se enseñaba en la escuela, y los estudiantes no aspiraban a ella.

Su problema era más grande que la comunicación entre especies, porque incluía el desafío de comunicarse con su propia especie. Ese desafío fue aclarado por la carta de rechazo personal que mantuvo; fue su motivación para tener éxito.

Se recordó a sí mismo lo que un profesor le había dicho una vez sobre preconceptos. *La investigación que no respalda los compromisos básicos de la ciencia normal es nada menos que una revolución científica.*

Steven sintió que sus conclusiones deberían proporcionar la base de un cambio de paradigma. Ese logro requeriría la reconstrucción de supuestos y la reevaluación de los hechos. Una vez que su paradigma fue aceptado, la ciencia normal podría ser redefinida. Fue su boleto para un puesto de investigación en antropología evolutiva en el Instituto Max Planck.

Steven revisó su situación. Maybellene le había dejado el regalo de la pierna de un ciervo, y eso fue notable. Su razón podría haber sido emocional, social o espiritual. Steven decidió creer que era espiritual, porque la leona se preocupaba por un ser distinto de ella, una visión del mundo que excedía sus preocupaciones inmediatas.

Steven dudaba de su capacidad para comunicar su situación a otro ser humano. Calculó que estaría en la cueva durante cinco meses más. Tenía la intención de soportar las dificultades hasta que pudiera reanudar su tercer año en septiembre. Su objetivo era esquivo. Si pudiera escribir un ensayo sobre hominini pre-lenguaje y sus pictografías, entonces tal vez también podría decir más sobre la auto distracción del hombre con una neocorteza sobre activa.

Esperaba que su tesis ayudara a los humanos modernos a reconectarse con sus seres animales y así tener una relación más saludable con todos los seres vivos. El resultado final sería el éxito del hombre como especie sustentadora.

Sabía que la comunidad científica incluía personas que eran rechazadas por el comportamiento animal. Tener una visión de los reinos animal y vegetal significaba que no había esperanza para la reconciliación humana.

Para alentarlo, Steven pensó en la granja en Utah. El deslizamiento de tierra fue un momento decisivo; encapsulaba todos sus pensamientos sobre las fotos en la pared de su habitación, esos leones de montaña que había visto con tanta frecuencia. No podía permitir que otra generación tratara la matanza de animales como deporte.

Maybellene se había calmado lo suficiente como para revisar la terrible acción que ahora estaba complicando su relación con *Huuhoh*. Tenía que saber sobre la muerte del bípedo en su territorio. Y ella quería ser quien le contara sobre el desequilibrio que ocurrió.

Mirando hacia atrás, ella reconstruyó el crimen. Vio varios ciervos mula pastando en un claro. En su mente, se imaginó derribando a uno de ellos. Ella se compuso y dio un paso hacia ellos, con agujas de pino saliendo de debajo de sus patas. Los ciervos estaban a poca distancia, pero había muchos árboles en el camino. Ella se acercó. Un ciervo levantó la cabeza, luego otro levantó la vista con las orejas altas. Sin embargo, pronto todos volvieron a masticar hojas.

Sonó un disparo de arma. Maybellene no podía ver la fuente del ruido, pero podía imaginar a un cazador que no tenía el habitual sombrero de colores brillantes. El disparo de la pistola hizo eco. El ciervo saltó y se dirigió hacia Maybellene. Se agachó, sin saber si debía correr o aceptar la oportunidad de un asesinato por sorpresa. Uno tras otro, el ciervo se acercó a ella y corrió hacia los lados como si fuera un tronco o una roca. Un ciervo asustado se topó con Maybellene, haciéndola deslizar sus patas en defensa propia. Cuando el venado retrocedió, Maybellene olió al animal. Sus ojos muy abiertos y su mirada perpleja le dijeron que el animal estaba cerca de la muerte.

No se dio cuenta del cazador que se acercaba hasta que estuvo casi sobre ella. Ella retrocedió y el hombre siguió viniendo. Se giró para mirar al ciervo que huía mientras Maybellene se cubría en un matorral. Tenía la ilusión de haberle disparado al venado. Agachándose, el hombre cortó un cuarto trasero, luego se levantó para abandonar la escena.

Antes de que pudiera enderezarse, Maybellene se abalanzó, furiosa porque estaba robando su muerte. El arma salió volando de sus manos. Mientras buscaba el arma detrás de él, Maybellene presionó su rostro contra el suelo del bosque y se empalmó la médula espinal en el cuello. Girándose, giró su lengua sobre sus colmillos, luego retrocedió para cubrir el cuerpo.

****

Capítulo 16—Helen habla

Helen estaba parada en un rincón oscuro de la biblioteca mirando los libros etiquetados en la estantería de acero. Mientras dejaba de lado los libros sueltos, reflexionó sobre Steven. Se preguntó cómo sería pensar como él pensaba.

Aquí estoy, afirmando un mundo de etiquetas, una forma de comunicación, pero más como mantener los libros de la biblioteca en una condición estática, cuando realmente podrían pertenecer a otros estantes, dependiendo de los sentimientos de una persona en ese momento.

Quería decirle que lo entendía, y al mismo tiempo planeaba incluir el hecho de que era mayor que él. De alguna manera ella expresaría su empatía por lo que le sucedió en Thistle.

Ella practicó su discurso en reconocimiento de su capacidad de comprensión. *Todos son empáticos hasta cierto punto. Las personas se permiten ver y sentir desde el punto de vista de otra persona.* Ella quería un cierto ambiente y las palabras correctas para incluirse en su mundo. *Las personas esperan que otros sean predecibles y, al mismo tiempo, comparten intereses comunes. No estoy limitado de esa manera.*

Ella suspiró, imaginando sus ojos azules y la sombra de las cinco en punto. Ella quería entender su empatía. Era una característica muy fuerte dentro de él. En sus discusiones en la recepción, ignoró a su compañero de trabajo. Lo hizo por una razón que tuvo algo que ver con su experiencia traumática en Thistle. Cuando alguien se volvió importante para él, dejó todo para enfocarse únicamente en esa persona. Esa era la distinción que quería enfatizar.

Pero no era solo que él empatizara con los demás. No estaba simplemente compartiendo emociones comunes como angustia o tristeza. Se estaba conectando con otra persona como empático psíquico, bloqueando todo lo extraño.

¿Y por qué preocuparse? pensó. Probablemente sabe lo que quiero decir. Ella se lo dijo a sí misma. Algo te sucedió que te ayuda a establecer prioridades fuera de la confusión. Creo que es lo que es. Es Thistle. Te amo Steven.

**

Steven se sintió abrumado cuando estaba en la ciudad, pero le gustó la relación que había establecido con Helen, un terreno común que le recordó la camaradería entre los miembros de la comunidad Amish.

Contuvo el aliento. Olía a humo de leña. Cuando entró en una panadería de la calle principal, cerrando la puerta al rugido del tráfico, se le ocurrió: *¿Qué estoy haciendo, viviendo en una cueva?*

**

Maybellene regresó a su posición sobre la cueva de su Huuhoh. Ella pensó mucho en mostrarle el cazador que había matado. Se rascó el cuello, observando un pájaro revolotear sobre su cabeza, su plumaje amarillo y su corona rojo-naranja que no connotaban nada sobre el camuflaje.

Se preguntó acerca de su regalo para su hombre de las cavernas y si se había aprendido la lección correcta. Quería balancear su capacidad de sobrevivir por sí sola contra la necesidad de asistencia para vivir en la naturaleza.

Sus pensamientos se volvieron feos. Se imaginó la tierra forestal convertida en caminos bordeados de casas y áreas de apareamiento perturbadas por los cazadores. Ella vivía bajo la amenaza de extinción.

En su vida, había visto bípedos invadir su territorio. Algunos de ellos, que usaban los mismos colores, dieron orden y se llevaron los malos. En general, ella y criaturas como ella habían intercambiado territorios a cambio de paz y seguridad. Los cazadores iban y venían según una rutina, en su mayor parte.

De una manera política, su objetivo era presionar a los bípedos para que devolvieran el territorio capturado, eliminar algunas de las carreteras en sus terrenos de caza y disminuir su número. Fue una batalla que no pudo ganar. Lo menos que podía hacer era permanecer invisible para el hombre, pero la sorpresa del cazador fuera de temporada complicaba ese escenario.

Muchas temporadas habían pasado teniendo éxito en evitar problemas con los bípedos. Entonces, lo inesperado sucedió con la llegada de *Huuhoh*, el hombre de las cavernas. Se había ganado su corazón con su comportamiento salvaje. Fue gracias a él que ella comenzó a ver que la criatura de dos patas era un animal como ella, y no el monstruo que había imaginado en su cabeza. La hostilidad no fue difícil de entender. Durante toda la vida, los funcionarios bípedos se negaron a asumir la responsabilidad del bienestar de las criaturas salvajes al dividir sus territorios e interrumpir su hábitat con carreteras.

Fue interesante para Maybellene que *Huuhoh* fuera estudioso, pero no perteneció a la naturaleza por tanto tiempo. Y ahora su presencia complicaba la muerte de un bípedo que ella no podía detener. Las imágenes en su mente progresaron desde llevar al habitante de la cueva a través del bosque hasta que vio al cazador asesinado y luego a una cueva vacía. No tenía idea de lo que haría su hombre de las cavernas después de eso. Ella frunció el ceño, sintiéndose incómoda de que su hombre no entendiera que era hora de terminar su estancia.

Helen saludó a Steven con la observación de que los narcisos habían ido y venido. Agitando las manos como una bailarina, exclamó que el iris y la aguileña estaban ahora en flor.

Steven respondió con una sonrisa y se dirigió hacia su lugar habitual junto a la ventana, pero se detuvo en seco cuando vio a un extraño sentado allí.

Helen notó su consternación, tomó su brazo por encima del codo y lo guio a una esquina cerca de algunas estanterías. Ella lo colocó para mirar en su dirección mientras estaba de espaldas a la pared.

"Steven, llegará el momento en que salgas de la cueva. ¿Te quedarás ... en la ciudad ... por un tiempo?

Steven ocupó el puesto donde estaba parado. Sus ojos se dirigieron al suelo y luego de nuevo a ella. "Algunas personas piensan que necesito dirección. Puede parecer pasivo, pero eso no significa que necesite que la gente me diga qué hacer ". Se encogió de hombros.

"Parte de mi conciencia es estar desenfocado y sintonizado con el alma. El antropólogo Rupert Sheldrake dijo: 'el alma va a donde va nuestro corazón y nuestra mente; esa es nuestra alma en el trabajo ".

"Oh, Steven. Eso no es lo que quise decir. Mi preocupación es que estés a salvo ".

"Oh. Bueno, sí, por supuesto que me quedaré en la ciudad. Enviaré un correo electrónico al Instituto Max Planck después de armar un currículum. ¿Me ayudarás con eso?

Pensando en lo inevitable, Helen miró hacia abajo. Él se iría. Ella levantó el pecho con un brillo en los ojos. "Tienes un futuro maravilloso por delante. Y espero que nunca olvides lo que digo, Steven. Eres como yo. En este momento, sabes cómo me siento, y sé tus sentimientos. En este momento especial, las palabras que te digo se escuchan al escucharlas. Sé que proteges tu ... tu alma sensible."

Steven sintió como si hubiera saltado hacia ella ... por un momento.

Los ojos de Helen se abrieron de sorpresa y resistió el impulso de retroceder. "Somos espíritus afines, Steven. ¿Y ahora qué quería decir? Sus ojos recorrieron el suelo, como si siguieran el curso de un ratón que se desliza.

"Oh, sí, es esa idea que tienes sobre comunicarte con imágenes. Tenemos eso, usted y yo. Pero estamos disuadidos de ser completamente humanos debido a nuestras limitaciones.

"Y en parte se debe al idioma inglés ".

Steven quería decir que no era una opinión sino una observación, pero no quería enemistarse con ella. Él sintió que ella estaba en el camino correcto. Él asintió, escaneando el paisaje circundante de la biblioteca; memorizándolo.

"Como cultura, dependemos de las etiquetas para todo, y creemos que las cosas que etiquetamos nunca cambian. Pero eso no es realidad. El problema es aún mayor que eso, porque todo el mundo está usando el inglés como idioma de la ciencia. Helen se balanceó sobre la punta de los pies y miró a Steven con los ojos muy abiertos.

Steven se masajeó la barbilla. "Hmm! Tienes un camino con las palabras.

Cuando escuchó eso, se sintió abrumada. Como pareja no iban a ninguna parte, ni emocional ni sexualmente. Con un esfuerzo igual a la gran pérdida que sintió, se aplicó una sonrisa a la cara. Ella agradeció el cumplido, pero la distancia entre ellos ahora era clara.

Su mundo ahora avanzaba por su propio camino, un proceso familiar en su trabajo orientado al servicio. Se volvió decididamente distante, mirando la mesa ahora vacía junto a la ventana. Con una sonrisa pálida lo amonestó como lo haría una madre. "¡Estás parado aquí demasiado tiempo! Aquí ahora, ven y comparte el desayuno conmigo.

Ella lo tomó por el codo. "¿Recogiste el salmón ahumado en el pan de arepa que pedí? Parece un panecillo inglés, pero está hecho con polenta. Hace furor en Manhattan ".

****

Capítulo 17—Tangara Occidental

Helen regresó a un rincón oscuro de la biblioteca, preguntándose si había escuchado lo que dijo. ¿Sus palabras jugaban en su mente? Miró sus palmas, luego sus uñas. Estaban limpios, sin suciedad. Seguramente notó la simple belleza de las cosas. Steven regresaba a un lugar donde ella nunca iría, aunque ella lo sabía por su culpa. Su mundo era un enclave de piedra caliza azul grisáceo expresado como una cara de acantilado y un campo de rocas roto.

Pensó en Maybellene, arrastrándose por el anfiteatro de Steven. Ese gran gato lo había observado por cuánto tiempo, ¿cinco meses? ... mientras Steven encendía el fuego, tomaba notas y roía una asquerosa pata de ciervo. La leona lo estaba cuidando, y en eso, ella también lo estaba cambiando.

Helen movió sus ojos, notando su respiración, el sonido de su mente trabajando.

Un joven empleador de la biblioteca con el pelo corto y castaño y una camiseta blanca pasó junto a Helen donde estaba parada. Abrió la boca para hablar con ella, pero la cerró abruptamente cuando notó lo profunda que parecía pensar, casi en trance, pensó. Sus ojos estaban fijos en un punto detrás de él, como si fuera una roca o un animal pequeño. Decidió hacer su pregunta cuando ella regresó a la recepción. Ahora no era el momento.

En su trance detrás de los ojos vidriosos, Helen estaba escalando el sendero de montaña de Steven al anochecer. Se detuvo cuando vio que el vestido que llevaba se había roto y deshilachado. Recuperando el aliento, miró hacia atrás sobre rocas irregulares y arbustos espinosos. Delante estaba la cueva a la luz de las velas de Steven.

Ella corrió a través de la roca suelta, encontrando seguridad en el borde del anfiteatro donde el acantilado se encontraba en una pasarela cubierta de hierba. El retiro de Steven ya estaba a la vista. Ella lo vio moverse fuera de la entrada. Ella saludó con la mano, pero no hubo respuesta.

En su sueño, Steven se puso en cuclillas en la repisa del refugio, y luego saltó al suelo sólido debajo. Usando su sombrero Amish, corrió por la ladera cubierta de hierba en la base del acantilado. Él no levantó la vista. Helen agitó las manos y gritó, pero sus palabras se perdieron en la corriente de aire que soplaba contra ella. Tenía que decirle que tenía que irse ... antes de que sucediera algo más con el león de montaña.

**

Steven hizo una nota en su diario y luego colocó la libreta de notas en su pecho. En su mente había un primer plano de Maybellene, sus ojos, su nariz, los ligeros movimientos de su ceño fruncido. Tenía que ir a la cima del anfiteatro y verla. Pero primero dormiría.

Por la mañana, los animales estaban ocupados, haciendo declaraciones de espacio e intención. Un víreo chirriante buscaba material de anidación en la rama de un álamo temblón. Con sonidos de estática electrónica, las golondrinas de color verde violeta se precipitaron entre los árboles de hoja perenne, atrapando insectos voladores. Cuando Steven subió, vio el amarillo y el rojo anaranjado de una tangara occidental. El pájaro era borroso en el contexto de las coníferas.

Montones desordenados de agujas de pino y tierra expuesta oscura surgían por delante de él. Atraído por los disturbios aún cautelosos, Steven alcanzó un tronco de árbol. Allí, detrás de tres coníferas, vio la mayor de todas las complicaciones, un cadáver.

El horror de la escena lo sacudió y le robó el aliento. Antes de que se formaran las preguntas, Steven miró alrededor del sitio y luego miró hacia adentro. No se supo de inmediato cómo era parte de la situación. Se colocó en el lugar del cazador muerto, con la mirada de sorpresa que debió haber tenido justo antes de que sucediera. Steven se preguntó cómo había terminado así.

Con un palo empujó el cuerpo hinchado que aún llevaba un cinturón de munición y un sombrero naranja brillante. Un rifle de alta potencia yacía justo más allá de un brazo. Steven sacudió la cabeza. *¿Qué pudo haber matado al hombre?* Cuando vio las marcas de arañazos en la cara, las marcas paralelas de los colmillos en la parte posterior del cuello, lo supo al instante.

Steven se abrochó en el medio; girando hacia un lado. Gritó con un sonido amortiguado. "¡Maybellene!"

¿Qué podría decirle a Helen? "Si la matan, matan lo que hay dentro de mí". Lo dijo en voz alta. ¿Y cuál sería la respuesta de la bibliotecaria? Steven se fue, retirándose a su cueva.

Todavía vestido, apoyó la cabeza hacia arriba y volvió a poner el bloc de notas en el pecho como si pudiera recrear el mundo a través de la escritura.

Leyó lo que ya había notado. *Los animales funcionan casi paralelamente a los humanos, alimentándose, cuidando a sus crías, pero no rencorosas, engañosas o involucradas en asesinatos de personajes. Es a través de nuestras observaciones que aprendemos cuán lejos nos hemos desviado del camino natural.*

La libreta contenía bocetos de la cara de Maybellene. Las notas de Steven decían: *Quédate con las tomas de retratos. Agregue dibujos que muestren los momentos ocupados del día de un león de montaña. Quédate con Maybellene, con su espíritu.*

Steven contó las diversas personas que vendrían después de Maybellene. Serían del Departamento de Vida Silvestre, la Policía de Glenwood, la oficina del Sheriff del Condado. Y amigos del cazador fallecido.

Si pudieran encontrar al depredador, todos sabrían lo que había que hacer. Aun así, no sería obvio que Maybellene como individuo había matado al cazador, aunque era su territorio.

Señaló otros factores que podrían salvar a su amigo león de montaña. Primero, ¿podría determinarse qué gato en particular había matado al hombre? Maybellene podría huir. Las autoridades podrían designarlo como un acto de Dios y detener la investigación. Podría explicar que, como antropólogo, no sabía nada sobre el incidente. O podría aceptar el hecho de que nada podría ayudar, ya que no a muchas personas les importaba entender la cultura animal.

Esa noche, Steven durmió en el borde de su cueva. Posicionó su cabeza hacia el norte, alineándose con el eje de la tierra que giraba. A las nueve en punto, finalmente pudo ver las estrellas. Atrás quedaron las constelaciones familiares del invierno y la primavera.

Este cielo nocturno reveló diferentes patrones. Podía identificar a Leo el león, pero se sentía perdido sin saber los nombres de los otros grupos. Miró el tiempo suficiente para detectar el giro de la tierra.

El león anunció un nuevo año. Maybellene estaba liderando el camino hacia posibilidades no probadas. Steven se sintió mejor por pensar en ella. Había recorrido un largo camino para comprender una situación desconcertante. Aunque su plan era dormir afuera en la cornisa, se encontró observando el progreso de la tierra que giraba. Cuando despertara, estaría frente al sol de la mañana.

Steven se dio cuenta de que no dormiría bien. Se levantó y se mudó adentro.

****

Capítulo 18—La pata

Steven pensó en lo que sentía por Helen. Ella no vendría a la cueva. Ella no expresó interés en ir a las aguas termales donde él era miembro. Su lugar era la biblioteca. Nunca había visto su casa.

Luego su mente se dirigió a Maybellene, la gata que arrastró un cadáver de ciervo hasta su puerta y que lo mordió desde el borde de un acantilado. Le molestaba que el león hubiera matado a un cazador.

Se imaginó a Maybellene vocalizando sus necesidades con sonidos vocálicos y consonantes borrosas. Recordaba los gruñidos que ella había hecho en el momento de su apareamiento.

Steven escribió sus pensamientos en la libreta de notas. *Maybellene probablemente tiene un repertorio de sonidos. Debe haber sido un sonido lleno de miedo, posiblemente un aullido chillón, cuando se encontró con el cazador. ¿Qué sonidos hizo cuando trajo el ciervo mulo a mi puerta? ¿Ronroneo? ¿Sentía alguna incertidumbre acerca de matar al cazador?*

**

Tarareando para sí misma, Maybellene caminó por el piso de pino. La vida ha cambiado. Estaba embarazada, subía de peso y veía pájaros y otros animales del bosque como familia.

**

Steven tuvo que contarle a su madre sobre el clima y Maybellene.

Querida mamá,

Los álamos son brillantes con un sonido como las notas altas de un piano que, cuando son martilladas, apenas suenan como cuerdas. Aquí hay un león de montaña que me mira con curiosidad. No creo que ella quiera hacerme daño, pero tendré cuidado.

Estoy comiendo bien. Siento que la ubicación de mi campo de trabajo está obstaculizando y complicando mi investigación.

Te contaré más adelante.

**

Planeaba agregar una descripción de cómo se veía Maybellene con su rostro bellamente proporcionado. Pero se durmió.

La cálida luz de la tarde se reflejaba en la pared opuesta del anfiteatro. La puerta de Steven estaba completamente abierta, para aprovechar cualquier corriente de aire.

Maybellene se movió de su percha, saltando a través del campo rocoso y hasta la repisa de Steven. Se asomó a la cueva, escuchando. No le importaba si estaba dormido o despierto. Maybellene entró en la habitación rocosa, se acercó a Steven y le puso una pata en el pecho por un momento. Luego, ella movió su pata para cubrir uno de sus ojos y se rió dos veces, rociando su rostro con la humedad de su nariz.

Steven se despertó de repente, seguro de su situación antes de verlo. Una garra carnosa con mechones de pelo grueso lo estaba empujando. Escuchó su propio aliento igualado por la respiración del animal. Contó ocho exhalaciones.

**

Ella se quitó la pata para encontrarse con su mirada. Ella estaba esperando su reacción. Satisfecha de que no estaba alarmado, ella miró hacia la salida y se dirigió hacia ella, un alma satisfecha que había hecho su saludo matutino, apoyando sus patas sobre la roca desmoronada con un barrido lateral para no hacer ruido. Entonces ella se había ido.

Ninguna imagen le llego a la mente de Steven. Nada se había movido mientras el león visitaba la cueva. El jugo de zanahoria todavía está en el estante, aún no probado. Sus botas descansaban contra la pared.

Añadió a la carta a su madre.

Nunca adivinarás lo que acaba de pasar. Maybellene, ese es el nombre que le he dado, vino a la cueva. Era como si quisiera decirme algo, pero no estoy seguro de qué es. Adiós por ahora. Con amor, Steven.

La mañana comenzó con sonidos de varias personas fuera de la cueva. Los comandos gritados le recordaron un sitio de construcción. Se acercó a la puerta y, desde allí, vio las figuras de afuera mirando hacia la parte superior del anfiteatro. No estaban viendo la cueva en absoluto. Un hombre movió la cabeza como si hubiera visto la entrada de la cueva, luego se volvió hacia otro hombre. Las vides muertas que cubrían la entrada eran camuflaje suficiente.

Las respiraciones de Steven chocaron entre sí. Los rápidos latidos se detuvieron de golpe con un trago. Se alegró por la sombra del acantilado y por las hierbas muertas que alisaban los bordes de la repisa áspera. No estaba listo para hablar con los inquisidores.

Steven pensó que su mentalidad no les permitiría ver la puerta de la cueva. Entonces buscaron en otro lado. Observaron el movimiento, algo que podrían relacionar con el cazador muerto en el bosque sobre el anfiteatro.

En la puerta, Steven tuvo mucho cuidado de no moverse. No revelaría su posición.

****

Capítulo 19—Llamada sorpresa

Steven levantó la cabeza y pensó: Temprano para levantarse, temprano para acostarse. Dirigiéndose a su ventana de plexiglás, vio que era otra mañana soleada en las montañas.

Al examinar el interior de la cueva, notó que faltaba su camisa de gran tamaño, la que no tenía botones. Buscó en el área donde arrojó la ropa, buscando la gran camisa verde que contenía un bolígrafo y un bloc de notas. No se había llevado la libreta de notas con él a la ciudad, por lo que nadie allí podía ayudarlo a encontrar el objeto perdido. Era una de sus pocas posesiones.

Frotando sus palmas sobre su frente, recordó el día anterior. Desayuno. Recortes de periódicos. Siesta. Leyendo. Bobo bar. Más lectura. Se quitó la chaqueta y se dijo que *es una oportunidad de perder algo*.

Steven se puso pantalones cortos y una camisa polo y salió al patio rocoso para buscar el cuaderno. Golpeando a las abejas, buscó entre los arbustos en flor. La mora de servicio era ligeramente fragante, la estrangulación picante. Las oscuras hojas de caoba de montaña se estaban volviendo moradas.

Sintió una presencia expectante, luego se sorprendió al ver una figura humana a seis metros de distancia. Estaba de pie en terreno firme sobre el campo de pedregal. Tenía los hombros hacia atrás, la cabeza alta, las manos cruzadas delante de ella. Estaba respirando por completo, saboreando la escena.

"Buenos días", gritó. Helen, la bibliotecaria, había venido a visitarla.

Puso un semblante alegre, una sonrisa genuina se reunió de cada célula de su cuerpo.

Steven sintió que su voz se profundizaba y su postura coincidía con la de ella, pero antes de que pudiera responderle, escuchó una voz interior. Levantó un dedo, congelando el momento. "¡Solo mantén esa posición!" Le recordó la escena.

La sonrisa de confianza de Helen permaneció en su lugar mientras se acercaba por el camino cubierto de hierba sobre la roca rota de color gris azulado. ¿Vienes a la ciudad? Te extrañé el martes pasado.

Steven revisó rápidamente mentalmente su agenda, la última sesión de café con Helen y el artículo del periódico con la declaración de Aaron Ralston sobre las gemas ocultas. Aaron había dicho que la designación propuesta de desierto era proteger el desierto, no proporcionar recreación. Steven coincidió con otra declaración que afirmaba que la gente en general veía la tierra simplemente como una mercancía.

Helen tomó un bastón que Steven había tirado y se apoyó en él. "¿Cómo va todo aquí?"

"Bien", dijo Steven cortésmente. Recordó que ella era una mujer que realmente lo escuchaba, alguien que podía mover las piezas de su rompecabezas a su lugar.

"Está en los periódicos". Jadeó por aire. "El departamento del sheriff ... envió a algunos hombres a Flat Top ... encontraron el cuerpo de un cazador".

La sonrisa de Steven desapareció. ¿Qué hacía un cazador aquí arriba? La temporada de ciervos y alces no comienza hasta el otoño. Eso es de agosto a diciembre ".

"¿Qué pasa con el león de montaña?"

"La temporada de caza de leones de montaña es invierno ... de enero a marzo".

Helen se puso las manos en las caderas. "Me refiero a tu león de montaña".

"¡Uh-oh!" Las dos sílabas escaparon con un tono bajista. Steven buscó apoyo en la pared del acantilado detrás de él.

"¿Estás diciendo algo?"

No he hecho nada malo, pensó. No ocultó la evidencia; los coyotes harían eso. Escaneando la entrada de la cueva, Steven descubrió la camisa grande que le faltaba, metida detrás de la silla de playa. Pero no tenía ganas de tener una conversación en ese momento. Tenía que concentrarse en lo que se sentía bien, ya que ese era el corazón de su ingenio.

Steven se calentó las manos en las axilas. Estaba comprometido a decir la verdad sin complicaciones. "Oh, sí", finalmente respondió la pregunta de Helen. "La gente hacía ruidos cerca cuando estaba dormida".

"¿Cuándo?"

"Esta mañana."

"¿No crees que podrías haberles ayudado?"

"No había forma de ayudarlos".

"Ya veo". Helen sacudió la cabeza, frunciendo los labios. Una exploración adicional podría resultar en una mentira.

Sus breves palabras le dolieron. No quería ser obstinado, pero aquí estaba de pie por un león de montaña. Bajó la mirada y luego volvió a mirar a Helen. El momento podría cambiar de una forma u otra, dependiendo de lo que dijera a continuación.

Helen se cruzó de brazos. "No esperes que controle esta conversación. Eso no es lo que quieres ".

"Esas personas quieren sacarme", suplicó con los brazos extendidos mientras doblaba las rodillas. "Es la situación aquí con los hombres y Maybellene. Muy pronto, descubrirán que este es su territorio ".

"Creo que todo terminó entre tú y Maybellene".

Steven se llevó una mano a la barbilla y reflexionó sobre esa afirmación. Maybellene ya le había dicho algo con su gesto en la cueva, pero él no pudo articular eso. Y supuso que Helen no lo entendería. Levantó las manos con las palmas hacia arriba. "Eso es, tienes razón. Es hora de que haga las maletas y me vaya ".

"¿Eso es todo lo que vas a decir?"

"Deje que las autoridades hagan lo que quieran, pero no complicaré las cosas". Steven sonrió. "¿Ves mi cueva? Está camuflado ".

Helen levantó la vista y luego volvió a mirar a Steven. "Mira. Veo quién es importante para ti aquí. Intenta no ... excluirme de tus pensamientos. Sabes, obtengo mi conocimiento, las lecciones de mi vida de los libros, leer libros, principalmente. Es un poco triste, lo sé. Pero aquí estoy en tu, en el territorio de Maybellene, contigo como intérprete real de su pasión. Simplemente no me rechaces con un alegre 'Gracias por hacer la visita. Te acompañaré hasta el acueducto ".

Steven enterró su rostro en sus manos, luego levantó la vista. "Gracias por hacer la visita. Sí. Hay una inteligencia aquí. Y ocurrió un accidente. Hubiera sucedido si estuviera presente o no. Pero ahora, las cosas solo pueden empeorar si me quedo. Entonces, he decidido dejar mi cueva ".

"¿Vas a mudarte ahora?"

"Sí, todo se va hoy". Steven agitó la mano, anticipando sus próximas preguntas sobre dónde y cómo. "Conozco a un profesor en el colegio comunitario".

Steven abrió el camino a través de la parte nivelada del anfiteatro cerca de la roca. Su mano izquierda alcanzó la piedra caliza robusta mientras bordeaba los escombros sueltos del deslizamiento de rocas. Las aves se ocuparon. Aferrándose al fondo de una rama, un papamoscas recogió insectos.

Cuando llegaron a la tubería del acueducto, Steven agarró un palo para mantener el equilibrio. Mirando hacia atrás mientras caminaba, vio que Helen había mantenido un bastón. Fueron unos veinte pasos hasta donde la tubería estaba a tres metros del suelo. Steven miró hacia atrás para ver a Helen frunciendo el ceño. Steven puso una cara alegre que adoptó Helen.

Cuando llegaron a la sección del puente del acueducto, Helen gritó: "Háblame de Maybellene".

Steven se detuvo y se volvió hacia Helen. "Maybellene tiene algo que enseñarme: es lo que enseñan los bosques. Se trata de las estaciones, los ciclos; la migración de las aves; los senderos y el territorio; incluso astronomía, no directamente, pero su observación de mí me hizo centrarme en la observación de las constelaciones cuando las noches eran más frías ".

Helen retrocedió un paso en el puente verde de tablones de metal.

Steven se apoyó contra la barandilla de alambre y miró hacia el sur. "No pensar demasiado y pensar sin palabras cuando las cosas se vuelven claras y claras. Usé las palabras que pienso porque creo que es muy importante llevar mis pensamientos a otras personas.

Después de todo, ¿qué debo hacer con otras personas si tengo éxito en comunicar algo? Pero podría guiarlos por un camino que fuera seguro o bueno para la caza o bueno para los criaderos. Pero creo que la respuesta o lo que quiero decir es que realmente no quiero decirle a la gente qué hacer o pensar y descubro que el uso continuo de palabras resulta en eso. Es una consecuencia no intencional, ¿verdad?

"Cuando te muestro lo que creo que es un lugar hermoso o especial, no quiero traducirlo para ti. No quiero darte las palabras para describir lo que se supone que debes decir. Hacerlo te robaría tu primera experiencia. Y realmente, ¿no es toda una experiencia por primera vez? La vida es complicada. Lo mismo no sucede dos veces. Algunas rocas se soltaron del empinado terraplén debajo de ellas y Helen fingió seguir su movimiento. Los sonidos de pequeñas rocas golpeando rocas de igual tamaño e igualmente duras duraron un minuto.

"Pensamos demasiado en todo y experimentamos estereotipos perdiendo la oportunidad de verlos de nuevo. En consecuencia, nos convertimos en buscadores interminables o nos apresuramos al próximo punto culminante en nuestras vidas cuando podríamos hacer un mejor trabajo al honrar y respetar nuestros encuentros actuales. Helen cambió su peso.

"Entonces, lo que realmente quiero hacer cuando hablo es ser poético, de modo que se evoquen nuevos pensamientos e imágenes en lugar de ser etiquetados como algo que necesariamente tendrías que traducir para aprender. Es posible que ya lo sepas todo y no hay nada que pueda decirte que aún no sepas. Simplemente te estoy recordando algo o cuando ves algo maravilloso en tu entorno, te recuerdas algo que ya sabes, ese algo que reside en cada fibra, tus genes, tu ADN.

"Ella me ha enseñado meditación. Ahí es cuando mi mente deja de lado los pensamientos no relacionados. Con un enfoque suave, veo el mundo formándose ante mí. Es un lugar maravilloso, solo para estar tranquilo, como escuchar un concierto ". Steven cerró los ojos a la mitad y suspiró.

Volvió a mirar a Helen. "Deja que tus músculos se relajen. Deja que tus huesos se asienten en el suelo. Eso es lo que hace cuando está allá arriba, mirándome.

Sonriendo suavemente mientras me escanea, está relajada, sus ojos casi cerrados. Sus oídos vacilan, sus ojos pueden estar quietos o moverse, pero está abierta a cualquier cosa nueva que pueda ayudarla a explicar mi presencia en la cueva debajo de ella, el lugar donde he puesto tanto cuidado, en la cámara, acostada con la familia. edredón y libros antiguos.

"Ella debe preguntarse cómo ha sido que yo esté allí para estudiar como ella me estudia. Y luego, ¿cuándo me cansaré y me iré?

Helen preguntó: "¿Crees que sonríe?" Se cruzó de brazos.

Steven reconoció el tono forzado hacia arriba, pero no respondió a los celos en su voz. "Lo digo porque así es como te ves en reposo", dijo sonriendo. "No frunces el ceño cuando estás relajado. En el modo de ataque, probablemente se ve malvada y fea. Pero solo descansando allí en su repisa, probablemente tiene una sonrisa amable. Helen mantuvo los brazos cruzados.

Steven sonaba como si estuviera a punto de llorar.

"Entonces, ¿qué puedo aportar a la experiencia, una dependencia del lenguaje?"

Levantó las manos. "Las palabras son importantes, pero también finitas. ¿Y qué ha hecho Maybellene para complicar las cosas?

Los ojos enrojecidos de Steven mostraron su agotamiento. "Los biólogos con armas cortas, el DVS, tal vez no quieran sacrificar a Maybellene, pero ahora es su deber. ¿No es así?

"Revelar algo más sobre ella solo servirá para incriminarla. Y parece que, por un tiempo inmemorial, el contacto con el hombre solo puede conducir a un mal final".

****

Capítulo 20—Vivir en la ciudad

El martes por la mañana fue para leer el periódico con Helen. La rutina de Steven era una fuente de paz para su mente ocupada, y la tranquilidad era lo que necesitaba un investigador. Steven podía pensar con calma. Pero no fue un consuelo saber que fue retirado de su estudio de campo.

Steven caminó hacia la biblioteca desde su apartamento en el sótano ubicado en una ladera que daba a la calle. Su caminata fue cuesta abajo.

Helen levantó la vista cuando Steven se sentó, observando que la luz de sus ojos se había ido. Estaba lavado y parecía descansado, pero faltaba algo. Sabía que la vida continuaría para él, pero sus riesgos ahora eran diferentes. En lugar de deslizarse por una montaña en una ráfaga de rocas rotas, estaría ocupado cruzando las calles de forma segura, cuidando el temperamento de las mascotas domésticas.

Helen hizo referencia al periódico: "Los leones de montaña son criaturas tan hermosas", le dijo. "Los periódicos mencionaron un avistamiento en un barrio de la ciudad. Una leona fue atrapada por una cámara de detección de movimiento cerca de un carril bici ".

Steven levantó la vista del café. Sus ojos se volvieron a un lado mientras consideraba la noticia.

"Vi uno de cerca", continuó. "Era un esqueleto, cerca del lago Christine. Quería tomar un pedazo, pero estaba con un guardaparque, y estábamos en propiedad estatal, ya sabes. Pero vi los rasgos faciales finos, los pómulos y los colmillos ".

Steven escuchó las palabras de Helen, pensando en sus nuevas circunstancias. Desde que su familia se mudó a Thistle, había planeado vivir y trabajar en Glenwood. Ayudar en el rancho significaba que era un estudiante no tradicional, que se graduó en siete años en lugar de los cuatro típicos. El asesinato realizado por Maybellene cambió aún más sus planes. Se había mudado a la ciudad como medida de protección, por *ella*.

Helen se animó al describir el hallazgo que había visto una vez. "No quedaba piel en el gato grande. Han pasado años desde que había muerto.

Steven miró el croissant de mantequilla que tenía delante y lo empujó en círculos alrededor del borde del plato. *No es tan malo*, pensó, *vivir en un edificio.*

Miró hacia afuera, pensando en sus nuevas condiciones de vida. Los pasos que podía escuchar desde el departamento de arriba eran una distracción al azar. La peor parte fue el olor de todas aquellas personas que viven juntas en la ciudad. Fue bastante notable después de haber vivido a gran altura durante varios meses.

Para Helen, logró algunas palabras. "Uh, sí. Estaba viendo algunos pájaros el otro día. Hermosa. No me interesa en absoluto. Cantando para otras aves de la misma especie.

Los ojos de Helen se estrecharon en Steven. Esta no era la respuesta que ella quería. Ella sintió su disgusto al terminar su estudio de campo.

Decidida a poner un tono más brillante en la conversación, preguntó: "¿Qué hay en el periódico?"

Steven gimió como un animal enjaulado mientras pasaba las páginas. Sus pensamientos fueron al profesor de la universidad comunitaria que seguía su trabajo en los procesos de pensamiento del hombre primitivo.

"Mira, mi descanso de quince minutos está por terminar", Helen le recordó de repente. "Puedes usar mi pase de autobús para llegar a la universidad comunitaria".

"Tengo uno."

"Déjame saber cómo resulta. Me tengo que ir."

Steven observó mientras ella se alejaba de él, su paso femenino balanceaba sus caderas de lado a lado. *Ella realmente no se ve tan mal*, pensó mientras se levantaba y se dirigía hacia la puerta.

Según el reloj de pared analógico, tenía quince minutos para tomar el autobús de las nueve y media.

Steven caminó hacia el banco protegido en la parada de autobús. Otros titulares de pases estaban afuera, bloqueando parcialmente a los peatones que cruzaban la acera. Al darse cuenta del refugio de metal, Steven cuestionó mentalmente su propósito. El ruido y el polvo eran ineludibles. Y no necesitaba protección contra la lluvia y la nieve, no hoy cuando era otro día brillante y soleado de Colorado, ni una nube en el cielo cobalto. Al menos, esa era su actitud.

En el viaje en autobús, Steven se preguntó qué accidente lo había llevado a vivir a la ciudad. ¿Pudo haber hecho algo la primera vez que escuchó a Maybellene vocalizar? ¿Podría haber evitado el asesinato del cazador furtivo? ¿O era responsabilidad de alguien más?

Si hubiera intervenido de alguna manera, tal vez las piezas del rompecabezas habrían caído de manera diferente.

Steven abrió la puerta de cristal tintado del edificio de administración de la universidad y se encontró en una gran sala sin luz, sin estudiantes ni administradores. El cálido resplandor de una oficina a la derecha del vestíbulo lo llevó en esa dirección.

"Estoy aquí para ver al profesor Lapin. Soy el asistente de su maestro ", dijo Steven a la recepcionista que estaba escribiendo algo.

Levantó la vista brevemente y dijo: "Dos puertas al final del pasillo a la derecha", y volvió a lo que Steven vio ahora era un crucigrama.

Steven dio vueltas geométricas hacia la oficina indicada y encontró a un hombre con una camisa de punto holgada y pantalones cortos holgados, inclinándose sobre una lata de basura mientras se despegaba y comía una naranja.

El hombre levantó la vista, secándose la barbilla con una toalla de papel marrón y dijo:

"Sr. Hostetter, el que quiere descifrar el código del hombre primitivo. Tienes que subir a la furgoneta. Está afuera de las puertas al final del pasillo. Los estudiantes lo llevarán a ver el petroglifo, el único en el valle superior de Roaring Fork. Vuelve con una historia sobre lo que encuentras allí arriba.

El hombre continuó comiendo la naranja, su cabello gris desordenado balanceándose sobre su cuello.

Levantó la vista, haciendo contacto visual con Steven. "¡Mejor ve!"

****

Capítulo 21—Asistente del profesor

Steven se abrochó el cinturón de seguridad con un clic. Los estudiantes, incluido el conductor, revisaron las mochilas para protegerse del sol y el agua. La joven mujer al lado de Steven en el tercer asiento siguió la acción de su cinturón de seguridad, sonriendo cortésmente. El conductor se protegió los ojos de la luz del sol de la mañana y la furgoneta se tambaleó hacia adelante.

Las conversaciones continuaron mientras el conductor gesticulaba con su mano libre. Steven atrapó al conductor mirándolo por el espejo retrovisor y se aclaró la garganta. "Soy Pete", le gritó el conductor de cabello rizado.

"Steven Hostetter". Su tono era serio.

"¿Los leones de montaña no se comen a los conejos?", Dijo el conductor sobre el ruido del coche, conteniendo una carcajada.

Steven se erizó cuando los otros pasajeros sonrieron y se rieron. Luego sonrió. "Ja, ja, esta es una prueba, ¿verdad?"

"Solo responde la pregunta, Hostetter". El conductor imitó a un abogado acusador. "¿Los conejos son comidos por los leones de montaña, o no?

"La respuesta es sí". Steven ignoró la risa de la joven mujer a su lado. Los estudiantes eran más jóvenes que él, recién graduados de la escuela secundaria. Él entendió la Gestalt estudiantil y la importancia para aquellos en una posición subordinada de tomar partido en cualquier ataque contra una persona de autoridad.

Sabía que no era una táctica de ninguna profundidad. Tenía poca conexión con los caprichos de la cultura del campus, pero aún tenía que considerar el bienestar de su alma.

Continuó. "Sí, los leones de montaña son depredadores, y si se les da la oportunidad, saltarán desde atrás para cortar la médula espinal de una presa. La acción es muy parecida a la de un removedor de grapas. En el caso de un conejo, un león podría simplemente sacudirlo hasta la muerte. Una observación que leí decía que un león mantenía a un conejo como mascota durante unos días antes de comérselo".

"Lo entiendo", dijo Pete. Me alegro de tenerte a bordo. Necesitamos un experto. El conductor miró por el espejo lateral, luego giró la rueda en la intersección. "El profesor Lapin sabe que usted tiene vasto conocimiento sobre los petroglifos.

Las cabezas se volvieron hacia Steven. "Los petroglifos provienen de una época anterior al lenguaje escrito: se usaban para registrar eventos".

El chico frente a Steven se movió para mirarlo, hablando sobre el ruido del camino, "Muy bien, Profesor Antropólogo". Observó bien los ojos marrones verdoso de Steven antes de darse la vuelta.

Steven dio un suspiro de alivio al final de las presentaciones y se unió a los estudiantes para hacer observaciones aleatorias de la carretera.

Un estudiante al frente con el conductor notó que estaban pasando una recesión en el acantilado sobre las copas de los árboles. "Mira", señaló. "Una cueva."

Una estudiante miró a Steven y sostuvo su mirada. "¿Cuál es tu signo?"

"Yo no ... Géminis", respondió Steven finalmente.

"¡Oh bien! Eso es bueno para ti por Saturno. Sí, podría ser este año o el próximo, dependiendo de dónde naciste, pero serás recompensado por todos tus esfuerzos ".

"¿Cuál es tu nombre?"

"Karen".

Steven le sonrió, luego miró por la ventana, buscando la cueva. Soñó que Maybellene se abría camino entre la maleza, evitando los senderos como lo habían hecho los leones de montaña desde la época de los grandes depredadores como el león americano y el tigre dientes de sable.

La joven llamada Karen que estaba sentada a su lado le tocó el hombro. ¿Se especializa en antropología, señor Hostetter?

La joven miró el cuaderno que leía palabras como Glaciación Cuaternaria y la relación que se muestra con un resumen del tiempo dividido en varios períodos del Paleolítico. Ella sabía que estaban asociados con la aparición de artefactos de piedra.

"¿Ves? Aquí está el Paleolítico Superior de hace 40,000 a 8,500 años y aquí está el Mesolítico de hace 10,000 a 8,500 años ".

"Por supuesto". Karen agitó las manos. "Hay un hombre en YouTube que cita la frase bíblica de que el Hombre está hecho a la imagen de Dios, luego dice que es realmente al revés, que Dios está hecho a la imagen del Hombre".

La opinión de Steven sobre la realidad humana estaba siendo igualada por este estudiante. "Génesis está siendo citado erróneamente. "Entonces Dios dijo: Hagamos al hombre a nuestra imagen". Hay que preguntar a quién se refiere la palabra *nuestro* ".

La respuesta de Steven detuvo la conversación de Karen.

Se preguntó qué iba a hacer con los créditos de Anthro 101. Quizás estaba en la clase para asegurar la validación de su perspectiva mundial, no necesariamente para la ciencia.

Steven quería ser cortés. "¿Es eso un tatuaje en tu cuello?"

"Es el colmillo de un león de montaña con una gota de sangre".

Steven estaba a punto de criticar la ubicación del tatuaje. Los leones de montaña, lo sabía, muerden desde la nuca. Pero ella habló rápidamente sobre una nueva táctica conversacional.

"Entonces, ¿qué estás haciendo en esta clase?"

"Estoy ayudando con un análisis. Y, para empezar, debemos tener cuidado de no tocar el petroglifo. Steven miró a su alrededor. "¿Todos escucharon eso? El aceite en sus manos estropeará el petroglifo, así que tenga cuidado de no tocarlo. Podría afectar su fecha en futuras investigaciones ".

Los otros estudiantes parecían haber entendido. ¡Gracias a Dios! Steven suspiro.

Steven reanudó su conversación con Karen. "Sugiero que tomemos abundantes notas como parte de esta excursión. Deberías notar cosas como: Desde la estética, ¿cuánto tiempo se tardó en hacer el petroglifo? Horas ¿Días? Son muchas conjeturas, pero las suposiciones podrían sugerir prácticas culturales o los contextos de fabricación ".

"Oh, sí". Karen asintió.

"También tenga en cuenta el tipo de roca ... arenisca, piedra caliza, dolomita, lutita, granito. ¿Qué herramientas se usaron para crear el petroglifo? ¿Cincel óseo de un mamífero terrestre, cincel de pizarra, lijadora de arenisca, piedra de martillo de cuarcita, barrenador de basalto, barrenador de asta?

Un estudiante sacó una libreta.

"¿Qué método se usó con la herramienta: ¿percusión directa, percusión indirecta con un cincel o técnica de foso y ranura?"

Steven consideró lo que había dicho hasta ahora. "Habrá una línea muy fina entre la ciencia y el efecto de piel de gallina cuando lleguemos a alguna conclusión".

El estudiante en el asiento delantero gritó. "¡Allí! ¡Ahí!" Y la furgoneta se desvió. El conductor salió de la autopista hacia una carretera de acceso con tracción en las cuatro ruedas y detuvo la camioneta. Steven recogió una botella de agua y gafas de sol, y buscó bolígrafo y cuaderno.

Los estudiantes gruñeron, estirando las piernas al costado del camino. A la izquierda había un prado y cielo abierto. Delante y a la derecha había un acantilado del color del cofre de una golondrina. Sus piedras de esquisto irregulares estaban en bloques desiguales, demasiado empinadas para que los álamos temblaran.

Al acercarse, Steven vio un lugar donde una persona podía escabullirse a un lugar oscuro en la roca. Algunos estudiantes vieron dónde estaba mirando. Sin mucho esfuerzo, subieron tres pisos de altura. Steven permitió que el estudiante del asiento delantero de la camioneta se pusiera delante de él.

"Aquí hay un poste y aquí está el petroglifo", dijo el estudiante principal.

Steven agitó su mano frente al agujero perforado. "Dos agujeros para dinteles arquitectónicos: las estructuras de soporte sobre una abertura en una pared". El primer agujero presentaba marcas de cincel espaciadas uniformemente, las líneas irradiaban como los pétalos de una flor. El otro hoyo se hizo en una grieta en la roca.

Steven sabía que estas cosas llevaban tiempo y tenían el aspecto de un especialista. Sin embargo, eran bajos, el primero cerca de una pared y a un pie del suelo. El otro agujero del dintel estaba a cuarenta y cinco grados más allá y a dos pies del suelo.

Hubo otra anomalía. Los petroglifos fueron hechos por diferentes personas, una de las cuales posiblemente era una persona más joven. Los glifos se parecían a grafiti rayado que uno encuentra en los refugios de las paradas de autobús.

El estudiante principal agarró un palo cercano y lo puso en la abertura. "¿Ves? Este podría ser el soporte para una puerta ".

Con un tirón, Steven asintió. "El taladro es sofisticado. El petroglifo es rudimentario, más como un rascado inactivo. Nada pensado como un símbolo serio. Anote sus otras percepciones y las revisaremos más tarde ". Steven quería saber quién había creado el arte rupestre. Pensar más podría resultar en ver un propósito para el arte, ya sea para la actividad espiritual o como una expresión artística del pensamiento.

Para los humanos tribales, Steven sabía que la música, el dibujo y el canto eran tan naturales como respirar, pero sospechaba que este arte rupestre había sido hecho por un adolescente, alguien a quien se le podría haber asignado el deber de vigilar e hizo que la imagen fuera más aburrida que cualquier otra cosa. Más.

Mientras los estudiantes garabateaban notas, Steven agregó: "Sus conclusiones podrían determinar si la imagen podría ser reconocible por otros miembros de la tribu".

Steven se distrajo por un momento por el barro en una roca que sobresalía sobre una pared curva. Volvió a centrar su atención en el petroglifo que se encontraba a una distancia cómoda para una persona diestra. Había una repisa en el lado izquierdo para que la otra mano estabilizara la mano derecha del artista. También a la izquierda estaban las ruinas de un muro que en su día podría haber alcanzado el saliente del acantilado.

Mirando hacia atrás a la roca que sobresalía, Steven se dio cuenta de que una vez se había aplicado barro para formar un techo tosco.

Steven notó que los estudiantes señalaban a través del prado a un estanque alimentado por manantiales. "Observe si el petroglifo está cerca de un sitio residencial o un refugio temporal", les dijo.

El estudiante principal lo llamó. ¡Deberías ver el otro sitio aquí! ¡Baja y luego vuelve a subir!

Cuando Steven llegó a la base del siguiente sitio, instintivamente pisó las protuberancias de roca irregular que lo llevaron a una plataforma de observación. En la pared plana, vio una línea dentada como la letra mayúscula B, una letra mayúscula I y una letra mayúscula C, seguida de un rectángulo alto con una cabeza y una línea inclinada para un cinturón que lo hacía parecer la constelación de Orión.

Vio conexiones con la astronomía, los mitos de origen y la migración de varios clanes. Los primeros caracteres que se movían de izquierda a derecha parecían letras del alfabeto inglés, pero también parecían un símbolo de un rayo, un suceso mortal en las montañas después de las dos de la tarde. El último parecía antropomórfico, representando una forma humana.

Steven se sentó en una repisa de roca que hacía un asiento natural, y movió su mano hacia el grafiti. Las marcas estaban cómodamente al alcance de la mano. El asiento tenía una vista sin obstáculos del prado, y a su derecha había un refugio amurallado. Las rocas de este refugio estaban dispuestas para agujeros de aire o agujeros de visión, espaciados uniformemente como en una canasta tejida.

Se puso de pie nuevamente para mirar por segunda vez las marcas de arañazos. Era fácil ver que la obra de arte había sido realizada por una persona joven, y no era el trabajo de un artesano adulto que tenía cuidado con el diseño y que conocía el entorno físico y la tradición artística de una tribu.

A los estudiantes que estaban parados en los escalones de roca de diferentes alturas, Steven les dijo: "Pregúntense qué tan bien se ejecutó la obra de arte. Tenga en cuenta las cualidades estéticas: las marcas ásperas, feas o bonitas, los errores, los deslizamientos de la herramienta ".

Un estudiante habló. "Me gusta hacer dibujos y me toma mucho tiempo hacerlo".

Otro gritó: "Esperaba ver una pictografía de un borrego cimarrón. Es el punto de referencia para el primer uso del arco y la flecha. Revolucionó la muerte del juego hace 3.000 años ".

Steven se sentó en la silla de piedra, con las manos sobre las rodillas. Esta era una zona hermosa, pero estaba a mil millas de la región de las Cuatro Esquinas, el centro cultural del hombre primitivo en el suroeste de los Estados Unidos.

Preguntó en voz alta: "¿Alguien ha encontrado evidencia de caza de arco y flecha en este valle?"

El conductor Pete respondió. "Hace años, un ranchero encontró una flecha que estaba intacta".

Steven tocó su barbilla, considerando la probable fecha del crudo arte rupestre frente a él.

"Estos no son más que garabatos".

****

Capítulo 22—Ladera Hueca

Saliendo de las sombras, Maybellene llegó a un acuerdo consigo misma para evitar la cueva. Revisó sus planes para el día: un sueño matutino, un tramo debajo de un árbol de hoja perenne, una caza durante la parte más oscura del día.

Se movió al borde del acantilado desde donde podía observar la cueva.

Hacía demasiado calor para sentarse a la luz directa del sol, y el jadeo se volvió agotador. Se trasladó a un lugar sombreado, preguntándose dónde había ido su hombre de las cavernas. Ella se lo imaginó acostado de espaldas, resbalando sobre una roca, con bípedos acudiendo a su rescate. Ella consideró otro escenario en el que un cazador le disparó y él se arrastraba por los bosques, llamando a su especie para salvarlo.

Sintió que los músculos de sus hombros se tensaban. Se lamió una pata y se limpió la cara. Sus pensamientos mantenían las sensaciones de calor y la duración de la luz solar en esta época del año. Buscando pistas en el cielo, no vio nada que perteneciera a sus pensamientos.

En la cueva muy por debajo de ella, el hombre todavía no estaba allí. No estaba segura de qué pensar de la situación. Se imaginó un deslizamiento de tierra con la mano de *Huuhoh* sobresaliendo de los escombros, luego sacudió la cabeza para desalojar la imagen. El miedo la incomodaba. Calmaría su mente acelerada corriendo por el bosque sombreado.

Un entrenamiento debajo de un dosel de árboles gigantes era la medicina que necesitaba. Fue el cambio de ritmo perfecto. En los primeros cien metros que cubrió, algunas partes estaban abiertas al sol, con olor a salvia picante. Ella se mantuvo a la sombra. Arriba y más adentro del desierto ella corrió. La pendiente poco profunda fue una subida fácil.

Cuando llegó a un arroyo, tomó un trago, mojándose las patas. Más tarde, a la luz del sol rojo anaranjado, llegó a un área plana, una sección de roca que parecía hecha por el hombre.

Ella negó con la cabeza al recordarle nuevamente al habitante de la cueva, pero esta vez el recuerdo no la molestó. La carrera había aflojado el miedo acumulado. Seleccionó las imágenes de la carrera por el suelo del bosque, el arroyo, el monumento de roca plana, luego expresó su nueva confianza con un aullido. "¡Sí!" Una docena de pájaros sin nombre se dispersaron de los árboles cercanos, mientras su espíritu se fusionó con la belleza de las nubes blancas en un cielo interminable de azul genciana.

**

Steven trepó por el camino de rocas rotas hasta su cueva, con la botella de agua pegada a su mochila haciendo ruidos. Había pasado aproximadamente una semana desde que se había mudado de la cueva. Las rocas debajo de los pies irradiaban calor al aire fresco de la tarde.

Estaba llegando a la cueva para comunicarse con el león en su territorio compartido. Necesitaba darle un mensaje de su alma, un mensaje de disculpa, de gratitud, pero, sobre todo, uno de seguridad. Maybellene tuvo que irse. Otros humanos vendrían a sacrificarla por matar al cazador furtivo.

Subir a la percha era difícil sin la escalera. Utilizó su asidero en la repisa de la roca, pero le llevó casi quince minutos levantar su cuerpo y meterlo en la cueva. Tomó un sorbo de agua, luego esperó, sentado con las piernas cruzadas, adivinando cuándo podría venir Maybellene.

Cuando cayó el anochecer, Steven se levantó y se estiró, levantando el pecho y escaneando la pared curva del anfiteatro. Este lugar era el hogar y su espíritu lo sabía. Sintió que eso probablemente también era cierto para Maybellene.

Preguntándose cuánto tiempo tendría que esperar y si sabría cuándo estaba presente Maybellene, volvió a sentarse. Su desconfianza hacia los bípedos estaba bien puesta.

El cazador furtivo indudablemente había desconfiado de ella, pero Steven estaba realmente enojado consigo mismo. Sabía desde temprana edad de qué se trataba su alma. Parte de él siempre se había identificado con los animales en las imágenes que había pegado en la pared del dormitorio.

Incluso antes de venir a Utah y Colorado con sus padres, su alma no había necesitado palabras o imágenes para decirle dónde quería estar.

Ahora sentado solo en su cueva, Steven exprimió sus manos.

¿Por qué no vine antes y compartí mis preocupaciones con Maybellene? ¿Por qué me tomó tanto tiempo darme cuenta de que mi estudio de campo estaba en su territorio, que todo lo que quería era vivir sin el estorbo de los humanos?

Tal vez podría haber evitado que ese cazador furtivo fuera asesinado por ella. Tal vez podría haber evitado que fuera perseguida por el Departamento de Vida Silvestre.

**

Maybellene regresó al puesto de observación sobre la cueva. Sus orejas avanzaron al ver a *Huuhoh*. El bípedo seguramente se había ganado su corazón. Era más que un visitante en esta tierra fronteriza. Pero ¿por qué regresó a esta ladera vacía?

Mirándolo, supo que las dos patas no eran más que un animal, no el monstruo que veía en su cabeza. Él no era quien dividía su territorio con grandes caminos. Él no era uno que pusiera cercas en sus caminos. Él no fue quien interrumpió su apareamiento con sonidos de cajas rodantes. Y él no fue quien la persiguió con un palo de fuego asesino.

Maybellene se preguntó qué iba a hacer con *Huuhoh*.

**

El aire era demasiado frío para quedarse quieto. Steven se puso de pie. Tenía que enviar el mensaje en serio, si Maybellene estaba presente o no. Agitando las manos, saltó arriba y abajo. ¡Sal! él señaló. ¡Vete! ¡No se detendrán hasta que te maten!

Steven llamó a todos los pensamientos mezquinos que podía conjurar. Imaginó un sol oscuro brillando sobre y a través de personas irreflexivas. Escuchó algo en el viento que bajaba de la ladera de la montaña. Era el sonido del alma, una pregunta inaudita que no puede responder lo que ya sabe, y él era el portador del mensaje. Él fue quien caminó hacia la luz oscura, encontrando el objetivo con palabras de disculpa y explicación, aunque se sintió como las aves de campo que se niegan a volar en un cielo sin brisa.

Alguien sentado en un escritorio, vestido con un uniforme limpio, ganaría todo simplemente enviando agentes armados para neutralizar a Maybellene. ¿Y quién curaría este hecho?

**

Maybellene buscó al hombre de las cavernas, refrescando su recuerdo de él. Cuando ella lo vio, él estaba agitando las manos, gimiendo y girando en un patio de recreo. La ira corría desenfrenada, y la muerte volvió por un nombre. Ella estaba cautivada.

El helicóptero llegó con un reflector. Para Steven, la luz parecía más fuerte que las cuchillas que cortaban el aire. Él vio la luz reflejada en sus ojos, mientras ella retrocedía en la repisa del anfiteatro. Solo podía ser Maybellene allá arriba.

En la puerta lateral abierta del helicóptero, vio personas con armas desenfundadas. Habían venido a realizar sus negocios.

****

Capítulo 23—Borde de madera

El profesor Lapin empacó varios papeles en un maletín. "Pareces distraído en el trabajo, Steven. ¿Quieres hablar acerca de ello?"

Steven se recostó en la silla de plástico moldeado. "Descubrí un león de montaña durante mi estudio de campo en el cañón. La llamé Maybellene.

Lapin parpadeó. "¿Es peligroso? Quiero decir-"

"Está en peligro".

El profesor tomó un lápiz y lo miró pensativo, como si preparase más preguntas.

"Se relaciona con mi investigación de tesis. Ella piensa en imágenes.

Lapin lo miró atentamente. "¿Por qué está en peligro?"

"Ella mató a un cazador furtivo".

"¿Viste cómo sucedió?"

"No, pero vi el sitio".

¿Cómo sabes que fue Maybellene?

"Ella es la única allí; es su territorio ".

"¿Cómo se veía, la escena con el cuerpo?"

"Las tripas fueron devoradas".

"¿Qué pasó con las piernas?"

"Estaban esparcidos como pedazos desechados de una muñeca de trapo"

"Steven, los leones de montaña no suelen atacar a los humanos, a menos que fuera un pillo demasiado viejo como para perseguir a un ciervo.

Steven sacudió la cabeza. "Era un cazador fuera de temporada. Había una escopeta cerca del cuerpo, y un proyectil había sido descargado sin que se volviera a cargar la cámara. Y un cadáver de venado yacía al lado del cuerpo.

El profesor cambió su peso de lado a lado. "Una vez escuché acerca de un tigre en Filipinas ... mató a un hombre por robarle la comida".

"Me mudé de la cueva para no interferir con su destino. No quería ayudar al DVS a encontrarla y menospreciarla ".

"Se supone que deben hacer eso en un caso como este".

"Regresé a la cueva e intenté advertirla".

"Eso es bastante increíble".

"Lo sé. Cuando llegó un helicóptero al anochecer, fue cuando salí de allí".

"¿Cómo sabes que tienes una conexión con Maybellene? ¿Qué comportamiento muestra ella?"

"Ella vino a la cueva".

"¿Y no te mató?"

"Ella puso su pata sobre mi ojo. No sé lo que eso significa. Cuando se fue, vi que tenía una herida de bala en el hombro y en la pierna. Parecía una vieja herida. Tal vez vino del aire hace algunas temporadas ".

"Entiendo ahora. Ella quería que supieras que había peligro y que debes ir a un lugar seguro.

"Algo como eso. Podría haber resbalado y caído, o tal vez haber sido atacado por otro animal ".

"¿El DVS consiguió el león de montaña?"

"No. Vi el reflector reflejado en sus ojos. Luego retrocedió hacia la maleza y el helicóptero siguió adelante.

El profesor tarareó, tranquilizándose. "Ya veo". Miró directamente a Steven. "No conduces un automóvil".

Steven se inclinó hacia delante, preparándose para hablar.

El profesor levantó la mano. "Entiendo el Viejo Orden Amish. Vagas mejor sin motor", dijo, sonriendo. "Déjame hacer una llamada telefónica. ¿Vives cerca de la biblioteca? Somos vecinos, ya sabes ".

Se llevó el teléfono a la cabeza. "Judith, voy a llevar a casa a un invitado a cenar". Hizo una pausa y luego se dirigió a Steven. "¿Podrías unirte a nosotros alrededor de las siete?" Steven asintió.

"Genial". El profesor sonrió. "Es lomo de cerdo con polenta de parmesano. Mi esposa hace una maravillosa decoración para ello. Gelatina de chokecherry.

**

Steven abrió la puerta del dormitorio y encendió la luz. Dos reflejos blanco-verdosos parpadearon cerca de la parte superior de la ventana sin cortinas. Para ver mejor más allá de la cenefa de color crema decorada con un patrón de hiedra inglesa, se agachó y se acercó a la ventana del sótano.

Más allá del acero corrugado azul grisáceo que formaba una ventana, solo veía la luz de las estrellas sobre los árboles.

**

En una mesa redonda de roble, iluminada por una lámpara Tiffany, Peter y Judith Lapin se sentaron uno frente al otro. Steven se sentó en una tercera silla con las manos en el regazo. Una cuarta silla en la mesa de la cocina de los Lapin estaba vacía. Peter le preguntó a Steven: "Cuéntanos sobre el accidente. Dijiste que el león de montaña mató a un hombre.

"Para que conste, no sé nada de eso. Lo entiendes. Steven movió su contacto visual de Peter a Judith.

"Todo lo que digas aquí es confidencial, Steven", le dijo Judith. "Entendemos. Peter te invitó a cenar por mi interés en la cultura.

Peter miró a su esposa.

Steven echó los hombros hacia atrás y relajó la cara. "Hay historias del Tigre de Amur que a veces deja un cadáver para que los cazadores humanos lo busquen y los cazadores correspondan. El hombre que robó el venado de Maybellene derogó un acuerdo cultural compartido entre las especies. Ella lo rompió en pedazos para que nunca pudiera regresar.

Inclinándose hacia delante al mencionar un acuerdo cultural, Judith elogió a todos los depredadores. "Si no fuera por el león de montaña, estoy seguro de que estaríamos invadidos por ungulados, los animales con pezuñas". Tomó un sorbo de té. "Los grandes depredadores derriban alces y venados. Y supongo que hay un beneficio para otras criaturas hambrientas como coyotes y cuervos ".

"Y los conejos", agregó Steven.

Peter ladeó la cabeza. "¿Los conejos comen carne?"

Steven respondió: "La gente piensa que solo comen lechuga. Pero he criado conejos, y sí, son carnívoros ".

Judith levantó una ceja.

"El tema aquí es la relación entre especies", continuó Steven. "Un antropólogo, Gordon Lowther, realizó un estudio de campo en el Parque Nacional Serengeti de Tanzania. El descubrimiento clave que hizo fue que el hombre primitivo sobrevivió siendo un carroñero como el león. Vio una conexión entre el hombre primitivo y los bosquimanos de hoy, y descubrió que existía una cultura que incluía depredadores de animales y humanos ".

Judith quería saber más. "Dijiste que el hombre tiene una cultura compartida con los leones de montaña".

"Hemos olvidado nuestra relación con los leones en Norteamérica". Miró a Peter y luego a Judith. "¿Tienes un perro?"

"No", dijo ella.

"Eso es bueno. Mi Maybellene. Podría haber cruzado el puente peatonal en esta área, la montaña Lookout. Los pumas tienen un gusto por el perro. Si han tenido hambre durante mucho tiempo, podrían venir a la ciudad por eso ".

Peter dijo: "Los vecinos tienen un perro. Daisy Mae.

Los ojos de Judith vagaron. Se levantó y se dirigió al horno donde los platos de comida se mantenían calientes.

Steven le habló a la espalda mientras ella sacaba platos del horno. "No se preocupe, creo que estamos a salvo. El león de montaña no ha sido agresivo conmigo.

Cuando Judith regresó a la mesa, Steven le dijo: "Gracias por la cena. Habría comido muy simplemente en el apartamento.

"Disfrutamos de su compañía", respondió con calidez.

"Steven", dijo Peter, "cuéntale a Judith sobre tu estudio de campo en la cueva".

"Al principio no sabía que el león de montaña estaba allí. Después de algunas semanas, estaba claro para mí que su comportamiento se parecía mucho a lo que estaba haciendo. Cuando hago trabajo de campo, observo y catalogo todo lo que veo a lo largo de una ruta".

Judith miró por encima del hombro hacia la ventana. "¿Entonces estamos siendo observados?"

"Estudió", la corrigió Steven.

****

Capítulo 24—Nuevo territorio

Sin el calor del sol, el aire frío cayó desde las elevaciones más altas. Los olores de su nueva ubicación fluyeron más allá de ella. En el sofocante calor de julio, las referencias químicas eran muy parecidas a las de su antiguo territorio en los Flat Top. Podía escuchar el aire corriendo a través de los pinos.

Los difíciles pensamientos de Maybellene se arrastraron. Podía dejar que los trozos sin resolver se dispersaran como hojas secas y cayeran al río. O podría aferrarse a las partes importantes del día como un impulso a su poder de memoria.

Sus piernas se derrumbaron, y se plegó a la fresca corriente nocturna, recordando la muerte del tirador. Esa fue una complicación no deseada, lo suficientemente traumática para que ella reuniera todas las imágenes asociadas. No recordar las partes importantes la hizo cuestionar su capacidad para liderar a su hermano zorro y su hermana cuervo. Con mucho esfuerzo, revisó los eventos de ese día.

El bípedo con el fuerte palo de fuego.

Una mirada aturdida en los ojos del venado que fue derribado.

El robo de su muerte.

El desprevenido bípedo y la ruptura de la médula espinal.

La mirada de rendición en la cara.

Un sentido de finalidad.

Los buscadores de hombres que se llevaron el cuerpo.

Ella se bañó. Mientras lamía una pierna extendida, notó los bultos en su abdomen. Había pasado aproximadamente un mes desde que el joven se acercó a ella al otro lado del río. Esta no sería su primera camada. Tenía algo de tiempo antes del nacimiento, un período de gestación de tres meses luego daría a luz a tres cachorros. Los pequeños la amarían y arreglarían las cosas.

Pero la nueva complicación fue molesta. Su decisión de abandonar el territorio donde mató al de dos piernas, ¿fue buena o mala? El mensaje de *Huuhoh* fue claro, salga. Sin embargo, mudarse a esta nueva ubicación, posiblemente el territorio de otro león macho significaba que sus cachorros podrían ser asesinados como competencia. Posiblemente peor que estar en el territorio de otro león de montaña. Sumado a eso, los bípedos ahora estaban más cerca. Los seres humanos también serían una amenaza principal aquí.

Sabía que las dos piernas no le prestaban mucha atención a la supervivencia. No se veían a sí mismos como animales. Hace mucho tiempo, había una cultura compartida, y para Maybellene, era obvio. Generación tras generación, los depredadores cuadrúpedos habían sido criados con la conciencia de las dos patas.

Y tenían una comprensión de su tipo que se transmitía socialmente. Ambos tipos de criaturas aprendidas a través de la actividad social. Había sido así durante el tiempo que cualquiera de los grupos había estado presente. Ambos grupos sabían qué esperar.

Los de dos piernas se habían olvidado de esa relación. Si ella se interpusiera en su camino, la matarían.

La imagen de la caja voladora y las balas que pasaron por su lado durante su joven vida dominaron su proceso de pensamiento. Soltó un silbido, profundamente sensibilizada por el evento de disparos desde una caja de aire en el cielo. Al contemplar su propia naturaleza, pensó que podría usar este sentimiento la próxima vez que fuera necesario atacar a la presa.

Volviendo a sus otros pensamientos sobre su nuevo territorio, contempló a *Huuhoh* y quiso ser más como él. Él debería saberlo mejor, pero tal vez acercarse al de dos piernas no era una buena idea. Ella sintió la necesidad de mirarlo a los ojos. Haría mucho más fácil saber la verdad del asunto. Llegó a la conclusión de que lo conocería. Ella lo había estado observando y estaba familiarizada con el claro que le gustaba visitar. Estaba cerca de un mirador y sería habitual que trajera algo de comer.

Pero sería necesario traer los cachorros. Los verían a los dos juntos, lo que estaría mal. Cuando llegó el momento de enseñar las habilidades de supervivencia de los cachorros, sería demasiado difícil explicar que *Huuhoh* era una excepción, un especial de dos patas que poseía un entendimiento especial.

Habría la tentación de hacer amigos. *Huuhoh* podría compartir su comida. Toda persona animal sabe que un animal alimentado es un animal muerto. Vuelven, una y otra vez, hasta que se meten en problemas con las dos patas. Fue un trato totalmente injusto que las dos piernas tuvieran tanto poder para quitarles la vida a otros que se habían vuelto inconvenientes.

Sin embargo, al revisar el comportamiento de *Huuhoh*, descubrió que se había apegado al de dos piernas. Fue un sentimiento cálido que la invadió.

El mismo sentimiento le había venido una y otra vez. Le había devuelto algo. Una vez le había dado una pata de ciervo. Le dio el regalo de salir de la cueva, entendiendo lo peligroso que era permanecer allí.

Había seguido su consejo. Sin embargo, ella quería más de él.

****

Capítulo 25—Tres cachorros

Maybellene encontró un lugar para establecerse sobre el vecindario donde vivía Steven. Su pensamiento recurrente era que él era la excepción. Su pensamiento alternativo era que cuando llegara el momento de socializar a sus cachorros, los de dos patas nunca podrían ser incluidas. Debían ser evitados. Agotada por el conflicto, se dio tiempo para mirar a su alrededor. Se dio cuenta de que algunos árboles y arbustos ya mostraban signos de la estación más fría, perdiendo sus colores verdes oscuro.

La preocupación de Maybellene ahora era la seguridad, encontrar seguridad para el proceso del parto. Antes de dar a luz, haría un inventario del área inmediata.

Ella trepó alto, oliendo si el lugar era el hogar de otro león. No detectó marcas de garras en los árboles, ni rasguños en el suelo, ni defecación, ni rociados por machos en la parte inferior protegida de arbustos, rocas y árboles inclinados.

El único signo de otro depredador era el olor ácido de la piel humana, el de un hombre y el de una mujer. El olor aceitoso de la piel muerta yacía en el camino como una fina capa de barro y tenía varios días de antigüedad. Maybellene se preguntó si la pareja regresaría. Mirando hacia arriba, detectó el sonido de un helicóptero cada vez más fuerte.

Agachándose detrás de un alto arbusto de salvia, lo vio pasar sobre su antiguo territorio. En el cielo, la máquina voladora dejó un humo aceitoso y esparció un aroma que ella había memorizado. El aroma volátil, asociado solo a personas humanas, llegó a las duchas para descansar sobre las hojas del dosel del bosque. Si las plantas pudieran quejarse, seguramente lo harían. En cambio, las plantas aceptaron todo.

Maybellene se ocultó debajo de una roca, detrás de un piñón que crecía bajo algunos álamos. Varios pensaron que saltaría a la presa que pasaba. Pero en los días que esperó, no vio conejos, salamandras o incluso insectos.

Cuando los cachorros finalmente llegaron, ella estaba completamente dedicada en cuidarlos. Ella ronroneó mientras los miraba, de vez en cuando moviéndolos a un arreglo ordenado. Pronto establecería contacto visual, y al hacerlo, transmitiría la desgracia de invadir el territorio de otro león y el peligro de interactuar con animales humanos.

Cayó una lluvia suave y, a la luz del sol que siguió, las gotas se juntaron en las ramas y cayeron en percusiones al azar. Ella ronroneó con satisfacción, no estaba preocupada en absoluto por el clima y si siguiera lloviendo o le daría sol.

Dentro de una semana de nacimiento, los cachorros mostraban rasgos individuales. El cachorro más viejo empujó repetidamente al más joven de los tres hacia un lado, con una mirada severa, que avisó al joven sobre la expulsión del grupo. El primogénito estaba seguro de que no había suficiente leche para todos.

Maybellene gimió, comprobando visualmente el acceso a sus pezones.

Al encontrar un lugar perfecto para acurrucarse, el mayor dejó de pelear. Más tarde, pudo expresar un aullido mortal, declarando su deseo de no ser excluido. Mirando a su hermano menor, se golpeó fuertemente los labios. Sería perdonado. Su motivo era la supervivencia, pero primero convencería al otro hermano de que el más joven debe ser rechazado.

Mientras estaba saciado, el primogénito retrocedió. Encontró un lugar seguro para descansar, en conflicto por soñar con una fabricación tan cruel. Su mente había inventado una nueva y horrible regla para agregar a las reglas que hizo su madre. Pero eso estaba bien, pensó, porque podría haber sido el alejado del amor de su madre.

Más tarde, Maybellene les enseñaría a sus cachorros cómo comunicarse en silencio. Los pequeños ruidos chirriantes que hacían ahora causarían problemas a una especie que sobrevivió con sigilo. A través de pensamientos de imagen tendrían éxito. Para unirse a su madre de esta manera, no podría haber interrupciones.

Cuando están relajados, los cachorros aprenden a identificarse entre sí y a su madre. Pero más que los medios visuales fue el método invisible que se extendía más allá de la vista. Todavía era temprano para que Maybellene enseñara eso.

Ella lideraría el camino con el contacto visual asociado con el pensamiento de imagen deseado, varias imágenes icónicas de campo o arroyo o roca. Los cachorros reconocerían la expresión de su rostro. Más tarde, sin la presencia de la madre, los cachorros albergarían el mismo sentimiento en una situación similar.

Las primeras lecciones de Maybellene para los cachorros fueron simples: sed saciada con buena agua, carne fresca de las entrañas de una matanza reciente y acurrucarse cerca a la hora de la siesta. Si el cachorro no comprendía al principio, ella esperaría mientras el joven exploraba las frases y llegaba al mensaje deseado.

Los cachorros estaban ansiosos por aprender, y la respuesta correcta fue recompensada con un breve contacto visual y una sensación compartida de ser sin esfuerzo, como caminar sobre una alfombra esponjosa de agujas de pino.

Los pequeños en el extremo receptor de imágenes mentales podrían devolver un gesto de calidez con cierto esfuerzo. Cada uno tenía su propia personalidad. El más joven estaba respondiendo a la intimidación. El cachorro medio observó a su hermano menor, aprendiendo una fuerza sutil que significaba "no mostrar miedo".

El mayor siempre estaba probando, a menudo enviando mensajes no relacionados con la situación. Podría ser problemático responder afirmativamente que tenía hambre, pero enviar la imagen aterradora de caerse de la rama de un árbol. Una Maybellene perpleja respondería cortando la imagen telepática con una fría oscuridad en blanco, evitando efectivamente al cachorro por el momento.

Los hombres y mujeres de dos patas, los excursionistas que habían usado este camino muchos días antes, regresaron. Maybellene notó las mochilas celestes y su aroma inventariado. Se sentó alerta, sus orejas se alzaron hacia adelante. Su movimiento hizo que los cachorros se alejaran de ella. Mantuvo su postura hasta que los cachorros imitaron su patrón. Sus orejas pequeñas estaban atentas a los sonidos de las criaturas de dos patas en el camino de tierra.

La diversión que tuvieron los tres cachorros para llevar a cabo la tarea se comunicó a Maybellene. Ella miró fijamente, con la cabeza hacia atrás, los ojos muy abiertos.

El cachorro más joven levantó la vista y notó la firme postura de su madre. Madre tenía miedo, pero no estaba corriendo. Maybellene percibió la atención del cachorro, pero no se desvió de su estudio. Quería transmitir que la visión aterradora no era nueva y que los cachorros volverían a ver esto.

Ella no quería confundirlos en este momento con sus pensamientos sobre *Huuhoh*, el hombre de las cavernas que había seguido hasta la ciudad.

**

Steven se sentó con Helen en la biblioteca, desempacando el café y los croissants que había traído.

"Me ves en la biblioteca", dijo Helen. "Y quizás te estés preguntando cómo llegué aquí y por qué he pasado más de diez años de mi vida aquí. Mi familia tenía dinero y no pude deshacerme de mi parte lo suficientemente rápido. Pensé que estaba haciendo algo positivo con eso. Pero realmente me disgustó recibir dinero que no gané.

"¿Sabías que Bruce Springsteen subiría al escenario en jeans con agujeros en las rodillas? Era su forma de mostrar desdén por la riqueza. Eso me confundió porque en realidad era un multimillonario. Ella chasqueó la lengua. "Tss. No importa. Con los años, sentí que era mejor encerrarme en la biblioteca. ¿Ves lo que digo? "

Steven indicó que su boca estaba llena, masticando un croissant.

"¿Por qué no llevas una pistola en el bosque con una jauría de perros para mantenerte a salvo? Yo se la respuesta. Es porque no quieres ser parte de esto ... esta ceguera. Crees que vivirás lo suficiente como para mostrar respeto por animales como Maybellene ".

"Sabes", dijo Steven, "las condiciones favorecen a las presas casi siempre. Cazar con éxito depende de qué tan bien el cazador pueda meterse en el mundo subjetivo de la presa ".

"Por eso me gustas, Steven. Eres inteligente sin ser demasiado intelectual. Aunque, puede ser bastante elocuente a veces. "Se limpió la nariz. "Y, supongo que así es como Maybellene te ve. Ella también es inteligente. Eso es lo que la atrae hacia ti".

Steven se sonrojó, buscando una manera de desviar la atención no deseada hacia sí mismo. "La gente dice que los animales son simplemente máquinas biológicas, desconectadas entre sí. Pero realmente, todo está conectado ".

Helen miró por encima del hombro de Steven. "Hubo un pretendiente en mi vida al mismo tiempo. Pensé que quería casarme. Esperaba que fuera exitoso; tú sabes, en formas típicas, tener un trabajo regular, una casa, un automóvil. Pero fue un sueño. Continuó con su vida, sin mí, siendo él mismo. Espero."

Steven trató de mantenerse en el camino. "George Page, el autor del interior de la mente animal, dijo:" Todas las especies han sido moldeadas por las fuerzas de la evolución para satisfacer las necesidades inmediatas "y tal vez ..."

Helen soltó:

"Me metí contigo porque quería oírme decir que quería vivir."

****

Capítulo 26—Rostro feroz

Cuatro observadores con la cara peluda se sentaron en el mirador mientras los excursionistas seguían el camino desgastado. Maybellene conocía ese camino y el lugar donde terminaba cerca de la cima de su nuevo territorio.

Fue una caminata ritual para los humanos de dos piernas. No llevaban palos de fuego, y no tenían el foco de estar en la caza. Pero para el propósito de Maybellene, serían suficientes como ejemplo de una situación peligrosa.

Maybellene levantó una pata con las garras extendidas y silbó. Los cachorros la copiaron sin dudarlo en una expresión de poder tanto directo como sin complejos. Maybellene miró a los de dos piernas, luego de vuelta a los cachorros, arrugándose los hombros, haciendo una exhalación sobre los colmillos expuestos, con los ojos levantados y ligeramente cruzados. Al ver a su madre así, los cachorros dejaron caer sus mandíbulas al unísono.

El cachorro más joven levantó una pata en el aire, titubeó desequilibrado y cayó de espaldas sobre un hermano. Esto resultó en un silbido con la boca abierta que imitaba la mirada feroz de la madre.

Maybellene entendió su punto de vista ... *los de dos piernas no son amigables y debían evitarse.*

Se relajó y comenzó a arreglarse la cara con una pata.

Sus hijos continuaron jugando.

Los excursionistas avanzaban hacia las altas elevaciones de la montaña Lookout cuando uno de ellos sacó un dispositivo portátil. La mujer humana sonrió con una mirada de éxito ante la indicación de una señal fuerte, asegurándose de que una torre celular estaba radiando cerca.

Maybellene se mantuvo en su posición elevada sobre el camino del excursionista. Ella frunció el ceño mientras pensaba en cómo enseñaría a los cachorros a cazar. Tendría que idear escenarios de caza exitosos, conservar energía y emboscar con sigilo. Los animales de presa estaban al acecho unos de otros, por lo que la mejor prueba era adaptarse a eventos aleatorios y manipularlos dentro de un entorno en constante cambio.

Un cazador tenía que pensar en cómo conseguir la presa. Era diferente para ciervos y alces. Para comer, simplemente esperaron a que cayera la piña o que creciera la hierba. Los leones de montaña necesitaban pensar.

Sedienta, Maybellene se levantó, mirando hacia atrás para quedarse con los cachorros. Había un abrevadero cerca, el lugar tradicional de tregua tanto para la presa como para el depredador.

**

Steven miró por la ventana del sótano del apartamento, luego al calendario en su escritorio. Era un sábado de agosto. Eso significaba hojas susurrantes, temperaturas cálidas, un buen día para una caminata.

El profesor Lapin había mencionado una ruta de senderismo detrás de la casa. Steven agarró una mochila roja y liviana que había puesto cerca de la puerta y se dirigió a las alturas de la montaña Lookout.

Caminando bajo un acantilado de grandes rocas, Steven levantó la vista y respiró hondo. El aire prístino a 9,000 pies tenía el aroma de la savia de pino. A esa altura, había pocos olores para distinguir.

Se dio cuenta de cuántos olores diferentes estaban disponibles en el fondo del valle donde las personas humanas aprenden a adaptarse a los olores de su industria. A los humanos les gustaba considerarse a sí mismos como una vida limpia, pero en realidad residían en una nube de flatulencia, piel muerta y desechos corporales de bajo nivel, cuidadosamente mantenida.

En contraste, el olor de un león de montaña era agradable y ligeramente dulce, como el lino fresco. Steven archivó mentalmente esta observación. Sería una ofensa hablar del fenómeno a cualquiera que no sea un alpinista, un esquiador o un antropólogo.

**

Desde su posición elevada, Maybellene se sobresaltó al acercarse una bípeda. Ella lo reconoció como *Huuhoh*. Ella lo miró fijamente, luego desvió rápidamente la mirada para no delatarse. Si no miraba hacia otro lado, cualquier otro animal, incluso *Huuhoh*, podía sentir el acto de ser observado.

Para contrarrestar la observación de otro animal, tuvo que encarnar una contradicción, ponerse en la mente del otro, pensar sus pensamientos, observar desde su punto de vista. Así cubierta, podía pensar en lo que iba a hacer.

**

Steven levantó la vista por segunda vez, nuevamente viendo solo rocas. Continuó por el camino hasta que llegó a un arroyo en un bosque denso, con una abertura que le permitió ver la ciudad. Era inusual ver una banda verde de óxido nitroso entre los colores rojo y naranja del atardecer.

Dejó la mochila y preparó un sándwich, buscando un pozo de fuego. La manada tomó el lugar de un incendio imaginario. Algunas ramas rotas cercanas le hicieron recordar que había traído un hacha en la mochila. En caso de que quisiera un fuego, tenía todo lo que necesitaba para hacer magia de fuego.

Se sentó al borde del llano. Sus ojos estaban enfocados suavemente en su picnic cuando escuchó un rugido familiar que sonó como una avalancha. "*Eeyowaheee*". Fue seguido por "*Meuuw*", el pequeño sonido de un cachorro de león de montaña.

Maybellene y sus cachorros aparecieron a la vista, deteniéndose en el borde del llano. La leona se sentó con su pecho sobresaliendo naturalmente hacia adelante, los hombros hacia atrás, su cabeza ligeramente alta con los ojos en Steven, inmóvil.

Steven le devolvió la mirada y estudió su rostro. En un tono brillante que termina en un alza, la saludó. "¡Hola, Maybellene!"

El cachorro del medio miró a su madre, luego a la mochila frente a la criatura de dos patas en el suelo.

La atención de Steven se dirigió al cachorro que corría hacia él. El cachorro se detuvo a medio camino entre él y la manada, luego caminó alrededor de la manada donde podía observarlo y oler el sándwich.

Steven se inclinó hacia delante y le tendió el crujiente pan de arepa con salmón ahumado.

El cachorro hembra buscó en los ojos de Steven una señal.

Steven respondió con la palma abierta diciendo: "¡Es tuyo, princesa!"

Maybellene llamó con un grito, "¡*Eeyow*!"

Los cachorros retrocedieron, con los ojos puestos en Steven, luego en su madre. Maybelline se puso de pie, se volvió y fue al mirador, hizo contacto visual con los cachorros y luego salió del área utilizando el camino.

Dejó detrás de ella las ramas ondulantes de los arbustos de caoba, el cerezo asfixiante y el matorral desaliñado.

****

Capítulo 27—El regreso

Maybellene estaba corriendo, demasiado rápido para que sus cachorros pudieran seguir el ritmo. Pasó por varias criaturas de dos piernas, algunas con niños esperando para abordar una caja rodante en una estación. Uno de los jóvenes de dos piernas gritó de alegría al ver una criatura nueva.

La madre dejó caer su bolso, haciendo que una cabeza de lechuga saliera a la calle. Con las manos extendidas que alguna vez sostuvieron la bolsa de comida, ella gritó, mientras tres cachorros seguían a la madre león de montaña. "Luke, vuelve!"

Maybellene, desviada por la dama con la bolsa de compras, salió corriendo a la calle, con sus tres cachorros detrás. Miró detrás de ella para ver dos piernas en la parada del autobús que habían corrido hacia la calle agitando las manos para detener el tráfico, gritando con palabras que no tenían sentido para ella. Maybellene volvió sobre sus pasos, buscando una salida segura de la conmoción.

Dos piernas del otro lado de la calle la persiguieron, pero Maybellene no pudo determinar si estaban ayudando o no. Algunas de las dos piernas estaban vitoreando, otras gemían.

Maybellene corrió por la acera hacia el río. La pasarela sobre el agua estaba allí. Se imaginó el cruce, la estructura sobre el agua. Su jadeo se hizo cada vez más fuerte. Entonces, fotos de Steven ocuparon su mente. ¿Habría más como él, más de su clase?

Ella sonrió, comprobando que sus cachorros la seguían, la baba se metió en sus ojos y trató sin éxito de lamerla mientras corría. Ella sonrió con alegría por conocer a alguien de dos piernas que sabía la verdad, la verdad de que las diferentes especies podían llevarse bien, no solo llevarse bien, sino amarse mutuamente.

Mirando hacia el futuro, Iene vio varias criaturas de dos piernas, de pie frente a la entrada del puente peatonal.

Ella gritó: "¡*Yeower, yow*!" Las dos piernas retrocedieron de su dirección de viaje. Uno de ellos tomó un dispositivo parlante portátil y se lo enseñó mientras trotaba con tres cachorros a cuestas.

Cruzando por la mitad del puente, miró hacia el agua. En todas sus interacciones con *Huuhoh*, ella quería que él la viera como un agente de alegría, la luz del mundo. En su corazón ella creía que él la veía así.

Sabía que tenía enormes patas y colmillos y, debido a sus cejas, lucía una constante sorpresa como la mayoría de su especie. Sin embargo, cuando lo miró, esos atributos desaparecieron. Eran solo ella y él, las dos piernas que podían reírse de cualquier cosa.

Pensando en sus pensamientos, imaginando a *Huuhoh*, Maybellene adoptó un renovado sentido de confianza. Ella disminuyó la velocidad para caminar, una gran pata delante de la otra. Ahora fueron las dos piernas las que corrieron.

Al otro lado del puente peatonal, corrían de un lado a otro y en ninguna parte en particular. Eso fue divertido. Ninguno de ellos pareció darse cuenta de su intención de continuar en línea recta calle arriba y hacia el bosque.

Estaba de vuelta en su antiguo territorio. Ella sabía esto y también todos los demás leones de la ladera de la montaña. Cuando entró en la pantalla de seguridad del roble de matorral, los otros estaban mirando el rastro de histeria que dejó atrás.

Cachorros machos, machos territoriales, leones hembra jóvenes, hembras dando a luz, vigilados desde sus guaridas de montaña.

**** ****

el sin

Made in United States
Troutdale, OR
05/09/2025